¿A quién le importa?
Hoy es
Viernes!!!

"En Australia tambien se ama"

Rubén De Bera

RUBÉN DE BERA
AUSTRALIA

Escrita por

RUBÉN DE BERA

Publisher's Name

Rubén De Bera

ISBN 978-1-7642443-0-5

First Edition: [August 2025]

INDICE

DEDICATORIA

A quienes guardan una caja vacía,

un reloj detenido,

una bicicleta que ya no cruza el parque.

A los que leen en silencio,

y encuentran en lo no dicho

la compañía que no se nombra

A ti, que llegas sin saber por qué,

y te quedas porque algo te recuerda lo que aún no has olvidado.

A Carmen y Dario

Balaclava Junction

Prologo

Cuando la niebla se posa sobre el lago y el aire fresco acaricia las copas de los árboles, Caulfield Park revela su alma antigua, una que pertenece más al tiempo que a la tierra. Hubo un momento, anterior a que se trazaran las calles y se alzaran los edificios, en que este rincón era pura naturaleza indómita: un espejo de agua donde las estrellas se miraban cada noche y los vientos murmuraban historias a quienes supieran escuchar.

Dicen que los viajeros encontraban en este parque un refugio secreto, un santuario donde el mundo parecía detenerse.

Bajo la luz tenue de la luna, se perciben ecos de pasos olvidados y murmullos de un pasado que aún habita en las raíces de los eucaliptos. Guardianes invisibles y espíritus ancestrales parecen recorrer, en noches serenas, los senderos que aún conservan el latido primitivo de la tierra. Aunque el legado de la naturaleza ha sido transformado por el tiempo—el pantano dio paso a jardines y caminos—Caulfield Park conserva su esencia. Pero la ciudad creció, y con ella, Caulfield

Park cambió.

Los edificios han crecido alrededor, más altos, más modernos, pero el parque sigue siendo un remanso.

Si caminas despacio, si te detienes a escuchar, todavía se percibe algo del pasado en el susurro de los árboles. Los possums siguen trepando las ramas al caer la tarde, testigos silenciosos de los años que han pasado.

A lo lejos, el murmullo de la ciudad nunca desaparece del todo, pero aquí, bajo la sombra del mismo de hace décadas, pero sigue siendo un punto de encuentro. Familias haciendo picnic junto al lago, corredores trazando rutas entre los caminos, amigos compartiendo risas en los bancos. Cambió, sí, pero no ha perdido su esencia. Es un espacio donde el pasado y el presente se entrelazan, un rincón donde la ciudad recuerda que, a pesar del crecimiento, todavía hay lugar para la pausa y el amor.

Capítulo 0 — Desayuno con la tía Barbara

El aroma del café recién hecho llenaba la cocina, mezclándose con el crujido de las tostadas y el murmullo de la radio encendida. Jordan se sentó frente a su tía Barbara, con el pelo aún húmedo por la ducha y una expresión distraída en el rostro.

Era un joven de dieciocho años, de cabello negro y ojos oscuros que parecían buscar respuestas en cada rincón. Aunque su cuerpo ya mostraba la firmeza de la adultez, había en su mirada una mezcla de curiosidad y duda que lo mantenía en el umbral de algo nuevo.

—¿Piensás hacer algo para tu cumpleaños? —preguntó Clara, sirviéndole una taza de café.

Jordan se encogió de hombros.

—No sé. Capaz una cena con amigos. No me imagino una fiesta grande.

—¿Y qué vas a hacer cuando termines el secundario? —insistió ella, con tono suave pero firme.

—Todavía no estoy seguro —respondió él, untando manteca en su tostada—. Me gusta escribir, pero también me interesa la fotografía. A veces pienso en estudiar periodismo, otras veces en diseño gráfico.

Clara lo miró con ternura.

—Tenés tiempo para decidir. Lo importante es que elijas algo que te haga feliz.

Jordan sonrió.

—Eso lo decís porque sos mi tía favorita.

Clara se rió.

—Soy la única que tenés.

Jordan se inclinó y le dio un beso en la mejilla.

—Por eso mismo.

Su mirada se perdió por la ventana, donde el sol comenzaba a iluminar los árboles del jardín.

—A veces me gustaría hacer algo que conecte con la gente. Que lo que yo haga les diga algo, les despierte algo.

—Eso suena como una vocación —dijo Clara, sonriendo—. Y las vocaciones no siempre vienen con un título universitario.

—¿Y qué vas a hacer con tu reparto de periódicos? —preguntó ella, cambiando de tema.

Jordan se rió suavemente.

—Supongo que voy a tener que dejarlo si empiezo la universidad. No me va a dar el tiempo. Pero me gusta hacerlo. Me da una rutina, me conecta con el barrio.

Clara lo observó con atención, como si lo viera por primera vez.

—No puedo creer lo grande que estás. Ya sos un hombre.

Jordan se levantó con calma, se despidió con otro beso en la mejilla y salió al jardín. El sol le iluminaba el rostro, y por un instante, pareció que el mundo entero lo invitaba a dar el primer paso.

Barbara lo siguió con la mirada desde la ventana, con una mezcla de orgullo y nostalgia.

Lo había visto crecer entre libros, cámaras viejas y tardes de bicicleta. Lo había escuchado llorar en silencio y reír con fuerza. Lo había acompañado en su forma de construir el mundo con palabras e imágenes, como si cada gesto fuera una forma de entender lo que había perdido.

Ahora estaba ahí, a punto de volar. Y aunque le dolía un poco, también sentía que había cumplido su parte.

Capítulo 1 — Una tía, una madre

"El amor no siempre llega con anuncio. A veces, irrumpe como una carta inesperada o un niño envuelto en una manta azul."

Caulfield North no parecía un lugar para tragedias. Los árboles frondosos, los ladrillos antiguos cubiertos de hiedra y el ritmo pausado del tranvía ofrecían la ilusión de que todo seguiría igual, siempre. Las fachadas conservaban sus grietas con dignidad, como si el tiempo allí se hubiese detenido justo antes de cambiar de rumbo. Pero nada volvió a ser igual desde aquella noche de lluvia interminable en la que un accidente apagó dos vidas y dejó una en vilo. Jordan tenía apenas nueve meses cuando llegó a la casa de ladrillos rojos de Glen Eira Road, envuelto en la misma manta azul que había cubierto sus primeros pasos en el mundo. Lo recibió su tía, Bárbara Wells: veintitrés años, soltera, artista, con una vida apenas esbozada entre exposiciones universitarias y cafés de esquina. Nunca pensó en ser madre, y, sin embargo, ahí estaba, aprendiendo a calentar mamaderas entre pinceles y libros subrayados, improvisando cunas con almohadones y horarios con notas pegadas en la heladera.

La casa pronto se llenó de ausencias. La más pesada era la de su hermana, una fotógrafa que veía en cada encuadre una historia detenida. Bárbara heredó sus álbumes, sus negativos sin revelar y los silencios que se instalan cuando las palabras ya no alcanzan. En los cajones encontró rollos sin fecha, retratos sin nombre, y una cámara que parecía aún tibia de uso. A veces, al caer la tarde, Bárbara la encendía y apuntaba al niño dormido, como si pudiera capturar el eco de su hermana en el gesto de su hijo.

El padre de Jordan, periodista, dejó tras de sí un fichero lleno de recortes y un cuaderno de tapas negras con entrevistas sin publicar. Bárbara los descubrió meses después, escondidos en una caja de zapatos bajo la cama del cuarto que ya no era suyo. Empezó a leer en voz alta aquellos fragmentos de pensamiento, como si así pudiera reconstruirle a Jordan el sonido de su padre. Leía sin dramatismo, con la voz templada, como quien ofrece una brújula sin imponer el camino.

Jordan creció rodeado de palabras e imágenes. Aprendió a leer antes de llegar al estante inferior de la biblioteca. Su mundo estaba hecho de márgenes anotados, fotografías en blanco y negro y frases que Bárbara repetía como mantras: "Las cosas importantes no siempre se dicen en voz alta", "La memoria también se escribe con lo que se olvida".

Cada domingo, lo llevaba a Caulfield Park. Entre corredores matutinos y risas lejanas, el niño se detenía a escuchar a los vendedores de periódicos. Su voz era pequeña, pero su atención absoluta. Allí, entre titulares gritados y diarios desplegados al viento, nació un anhelo:

—Yo también quiero contar las cosas así —le dijo a su tía una tarde, con los ojos encendidos.

Y Bárbara sonrió, porque supo que la historia apenas comenzaba. No la de Jordan solamente, sino también la suya: la de una mujer que, sin buscarlo, había aprendido a amar en presente continuo, sin garantías, sin manuales, pero con una manta azul como testigo.

Las noches eran otro mundo. Cuando el parque se apagaba y los tranvías dejaban de cantar, la casa se llenaba de murmullos. Bárbara caminaba descalza por el pasillo, con la cámara en una

mano y el cuaderno del padre en la otra.
A veces escribía frases sueltas en papeles
que luego escondía en los libros de arte.
"No sé si esto es amor o memoria",
anotó una vez, justo antes de que Jordan
llorara en sueños.

El llanto no era fuerte, pero sí profundo.
Bárbara lo alzaba sin decir palabra,
envolviéndolo en la manta azul como si
fuera un conjuro. En esos momentos, la
casa parecía flotar entre dos tiempos: el
que se había perdido y el que apenas
comenzaba.

Una tarde, mientras Jordan dibujaba
titulares en una hoja de diario, Bárbara
encontró una fotografía olvidada detrás
de un marco. Era su hermana, de
espaldas, mirando el mar en St Kilda. El
cielo estaba nublado, pero la luz parecía
abrazarla. Bárbara la colocó sobre la
repisa, junto al cuaderno negro y la
cámara. No era un altar, pero sí un
mapa.

Desde entonces, cada vez que Jordan
preguntaba por sus padres, Bárbara
respondía con una historia. No siempre
verdadera, pero siempre necesaria. "Tu
mamá creía que cada sombra tenía su
propia luz", decía. "Y tu papá pensaba
que las palabras podían salvarnos,
aunque llegaran tarde."

Así, entre objetos heredados y gestos nuevos, Bárbara fue aprendiendo a ser madre sin dejar de ser hermana. Y Jordan, sin saberlo, comenzó a escribir su propia historia en los márgenes de la de ellos

Capítulo 2 — El niño de los diarios

"Algunas vocaciones no se eligen: se heredan como una costumbre, se descubren como un juego, se afirman como un ritual."

La parada del tranvía en Balaclava y Hawthorn Road tenía algo de escenario. Cada tarde, entre las 4 y las 6, los rostros cambiaban como actores en tránsito: oficinistas con el ceño fruncido, estudiantes con auriculares, ancianos que contaban las monedas antes de subir. Jordan los observaba desde el banco de madera, con los pies colgando y los ojos atentos. No hablaba mucho, pero escuchaba todo.

Fue Bárbara quien notó su fascinación. El niño no solo miraba los tranvías: miraba los diarios. Los titulares, los gestos de los vendedores, el modo en que doblaban las esquinas del papel como si cada pliegue tuviera un secreto. Una tarde, después de ver a Jordan imitar con hojas sueltas la voz de los canillitas, Bárbara decidió hablar con el distribuidor.

—Es muy chico aún —dijo el hombre, un tal Mr. Cohen, con voz de rutina y manos manchadas de tinta.

—No quiere jugar —respondió Bárbara—. Quiere aprender.

Mr. Cohen la miró con escepticismo, pero también con algo de ternura. Le pidió que vinieran juntos al día siguiente. Jordan llegó con una gorra azul y una sonrisa tímida. No pidió permiso: ofreció ayuda. Empezó doblando diarios, luego los ordenó por sección, y al cabo de una semana ya conocía los nombres de los clientes habituales.

A los diez años, Jordan tenía su propio rincón en la parada del tranvía. No gritaba los titulares, los recitaba como si fueran poemas breves. "Caulfield en alerta por cortes de luz", "Victoria debate nueva ley escolar", "El Melbourne FC empata en tiempo extra". La gente empezó a buscarlo no solo por el diario, sino por la forma en que lo entregaba: con respeto, con pausa, como si cada noticia mereciera ser escuchada. Bárbara lo observaba desde la distancia, con la cámara colgada al cuello. No intervenía, pero registraba. Cada gesto, cada mirada, cada tarde en que el niño se convertía en narrador del barrio. En casa, pegaban los titulares en la pared, como si fueran trofeos silenciosos. "Hoy vendí quince", decía Jordan. "Pero uno me pidió que le leyera el editorial."

El distribuidor le regaló una bicicleta cuando cumplió trece. No era nueva, pero tenía una canasta amplia y un timbre que sonaba como campana de escuela. Jordan la recibió como quien recibe una misión. Desde entonces, comenzó a repartir diarios por las calles de Caulfield North, St Kilda y Balaclava. Aprendió los nombres de las esquinas, los horarios de los vecinos, los silencios de los que no querían noticias pero sí compañía.

La bicicleta se volvió extensión de su cuerpo. A veces, Bárbara lo seguía con la cámara, capturando el movimiento, el viento en la gorra, el papel que volaba como pájaro. En una de esas fotos, Jordan aparece detenido frente a una casa antigua, entregando un diario a una mujer que no lo mira, pero lo escucha. Esa imagen se convirtió en portada de una exposición que Bárbara tituló: "El niño que reparte historias".

Las tardes cambiaron, pero Jordan no. A los quince, ya conocía el pulso del barrio mejor que cualquier mapa. Sabía quién leía política, quién buscaba deportes, quién solo quería el crucigrama. A veces, escribía sus propios titulares en hojas sueltas y los dejaba en los buzones: "Hoy el sol salió cinco minutos antes", "Una señora lloró en la parada, pero se fue sonriendo".

Bárbara lo leía en silencio. No corregía, no guiaba. Solo guardaba. En una caja de madera, junto a la manta azul, comenzó a guardar también los titulares de Jordan. Allí estaban también los pinceles gastados, los tubos de óleo secos, y los bocetos que había pintado durante las noches en que el niño dormía. En una esquina, reposaba la vieja cámara de su hermana, como testigo mudo de una vida que había quedado suspendida en imágenes. Porque Bárbara no fotografiaba: ella pintaba. Pintaba lo que no podía decir, lo que Jordan aún no preguntaba, lo que la memoria le dictaba en trazos. Y entendió que el niño no solo estaba vendiendo diarios: estaba aprendiendo a contar el mundo. Ella, mientras tanto, lo pintaba.

Capítulo 3– Un golpe desafortunado

Jordan se detuvo sin saber por qué. El parque no era nuevo, pero algo en la luz —esa forma en que se filtraba entre los árboles como si el tiempo respirara— lo obligó a quedarse quieto. No era nostalgia. Era otra cosa. Una presencia. El silencio no era vacío, sino memoria. Allí, bajo las hojas, la tierra parecía guardar secretos.

Nombres que no se pronuncian, pero que siguen vivos.

Pasos que no se oyen, pero que aún caminan.

Pensó en los Custodios Ancestrales.

Los que estuvieron antes.

Los que aún están.

Los que vendrán.

Reconoció la historia que no está escrita en libros, sino en piedras, en sombras, en gestos que sobreviven al olvido.

Celebró, en silencio, la cultura viva más antigua del mundo:

un río que no cesa,

una voz que no se apaga.

Y en ese instante, como si el viento le susurrara,

rindió homenaje a los Ancianos —de ayer, de hoy, de mañana— que siguen tejiendo el alma de esta tierra.

El chirrido metálico de la bicicleta de Jordan rompía la quietud de la tarde. Sus ruedas trazaban círculos invisibles sobre el asfalto, atrapado en una rutina que se repetía como un eco. Las calles, los jardines olvidados, el aire tibio de un día que se desvanecía... Todo le era familiar.

Cada tarde, al salir de clases, recorría la misma ruta repartiendo periódicos con precisión. Era su manera de evitar pedir dinero a su tía, de sostener una independencia silenciosa. Su especialidad era lanzar los diarios con destreza sobre los cercos, asegurándose de que cayeran justo donde debían. Cuando llegó frente a la casa de muros blancos y portón verde —uno de sus clientes más antiguos, aunque jamás lo había visto—, no dudó. Con un movimiento limpio, lanzó el periódico hacia el cerco, esperando escuchar, como siempre, el golpe seco del papel contra la madera.

Pero lo que oyó fue un quejido.

Jordan frenó de golpe. ¿Había sido un grito? Por un instante, el mundo pareció contener el aliento. El sonido había surgido justo después de que el periódico cayera. Algo no estaba bien.

Sin pensarlo, se lanzó hacia el origen del quejido. El portón estaba entreabierto, y desde allí pudo ver lo sucedido.

En el suelo, con el rostro oculto entre las manos como si intentara detener el mundo en ese instante, estaba una joven.

—¡No puede ser! ¿Estás bien? —preguntó Jordan, con una urgencia que ni él mismo esperaba sentir.

La joven apartó lentamente las manos. Sus ojos brillaban con ira y desconcierto.

—No lo sé... pero espero no salir con un ojo morado por esto.

El periódico yacía a su lado, arrollado, como si fuera un objeto maldito.

—¡Lo siento mucho! Fue un accidente... —balbuceó Jordan, pero el aire entre ellos se tensó como una cuerda a punto de romperse.

En el momento en que sus miradas se encontraron, algo cambió. Un segundo se alargó como una eternidad. Jordan sintió que el mundo a su alrededor se desdibujaba, que todo lo que conocía —

las calles, los jardines, incluso el sonido de su propia respiración— se reducía a ese instante.

Pero Lailah no compartía su asombro.

—¡Solo vete! —le espetó con rabia.

Jordan parpadeó, atónito.

—Pero... —balbuceó, intentando encontrar palabras que pudieran detener lo inevitable.

La joven se puso de pie con un movimiento rápido y desapareció dentro de la casa, dejando tras de sí una ráfaga de viento frío.

Jordan se quedó allí, viendo cómo la puerta se cerraba con un golpe seco, sintiendo algo nuevo, algo que no lograba descifrar.

¿Esto fue en serio?

Las horas pasaron, pero en la mente de Lailah la escena se repetía como un eco imposible de acallar. Subió las escaleras apresurada, cerró la puerta de su habitación y miró su reflejo con el corazón latiendo fuerte. No había un rasguño en su rostro. Ningún moretón. Y, sin embargo, algo dentro de ella se sentía distinto.

Se dejó caer sobre su escritorio, sus dedos temblorosos buscando la caja de madera donde guardaba su diario. Lo abrió con cuidado y comenzó a escribir, como si las palabras pudieran darle sentido a la confusión.

Jordan seguía pedaleando, pero la tarde se sentía diferente. Las casas, los jardines, incluso el azul del cielo, todo parecía teñido con una extraña nostalgia, como si estuviera viendo el mundo con otros ojos. Al acercarse a la casa de Lailah, redujo la velocidad. Algo en su pecho le decía que ese día no terminaría como cualquier otro.

 Las horas pasaron, pero en la mente de Lailah la escena se repetía como un eco imposible de acallar. Subió las escaleras apresurada, cerró la puerta de su habitación y miró su reflejo con el corazón latiendo fuerte. No había un rasguño en su rostro. Ningún moretón. Y, sin embargo, algo dentro de ella se sentía distinto.

Se dejó caer sobre su escritorio, sus dedos temblorosos buscando la caja de madera donde guardaba su diario. Lo abrió con cuidado y comenzó a escribir, como si las palabras pudieran darle sentido a la confusión.

Jordan seguía pedaleando, pero la tarde se sentía diferente. Las casas, los

jardines, incluso el azul del cielo, todo parecía teñido con una extraña nostalgia, como si estuviera viendo el mundo con otros ojos. Al acercarse a la casa de Lailah, redujo la velocidad. Algo en su pecho le decía que ese día no terminaría como cualquier otro.
Al otro lado de la ventana, Lailah miraba su diario, incapaz de concentrarse en las palabras. No podía dejar de pensar en él

Entrada de diario – Sábado por la noche
La casa estaba en silencio, como si se
hubiera recogido sobre sí misma.
Lailah caminaba descalza por el pasillo,
con una taza de té olvidada entre las
manos. No estaba caliente, pero la
sostenía igual, como si necesitara ocupar
los dedos mientras el pensamiento
maduraba.
Empujó la puerta de su cuarto con
suavidad. El escritorio estaba donde
siempre, junto a la ventana. La luz del
atardecer ya se había extinguido, y en la
penumbra, los objetos parecían más
sinceros.
Se sentó despacio. Apoyó la taza. Abrió
la caja de madera que guardaba desde
niña. Sacó el cuaderno de tapas blandas,
gastado en los bordes, con algunas
páginas dobladas y otras escritas de
lado.
Tomó el lápiz con la punta apenas
afilada. Pasó las hojas con lentitud,
buscando la última entrada. Suspiró. No
había nada que pudiera explicar lo que
sentía. Y, sin embargo, no podía dejar de
escribir.
Miró el papel. Sonrió con esa mitad de
sonrisa que no se ve desde afuera. Y
escribió:

**"Después de todo, el viernes no
estuvo tan perdido."**

Cerró el cuaderno. Lo guardó sin ruido.
Se quedó unos segundos mirando el
escritorio vacío, como si esperara que el
silencio respondiera algo.
Luego se levantó. La taza seguía tibia. La
noche ya había empezado.

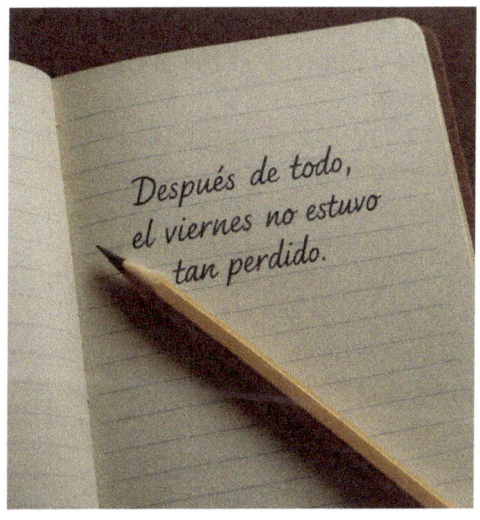

Capítulo 4 — Lo que viene después

"El final de algo no siempre trae respuestas. A veces, solo deja preguntas que se parecen demasiado a uno mismo."

Caulfield High School tenía el mismo olor a pasillos encerados y libros usados que Jordan recordaba desde primer año. Pero ahora, en el último trimestre, todo parecía distinto. Las paredes estaban igual, los profesores también, pero el tiempo se había vuelto más urgente. Como si cada recreo fuera una cuenta regresiva.

Jordan caminaba por los corredores con una mezcla de calma y vértigo. No era el mejor alumno, pero tampoco el peor. Lo que lo distinguía no estaba en las notas, sino en la forma en que escuchaba. A veces, parecía que no respondía, pero en realidad estaba escribiendo mentalmente lo que otros decían.

Su mejor amigo, Saul, era distinto. Preciso, metódico, con una carpeta ordenada por colores y una vocación clara: arquitectura. Ya había visitado universidades, hablado con tutores, dibujado planos en servilletas. Jordan lo admiraba, aunque no lo decía.

—¿Y vos qué vas a hacer? —le preguntó Saul una tarde, mientras esperaban el tranvía en Glen Huntly Road.

Jordan se encogió de hombros. Miró el cartel del quiosco, donde aún se vendían diarios, aunque menos que antes.

—No sé. Me gusta contar cosas, pero no sé si eso alcanza.

Saul lo miró con esa mezcla de afecto y pragmatismo que lo caracterizaba.

—Contar cosas es construir también. Solo que con palabras.

Jordan sonrió, pero no respondió. Esa noche, en casa, abrió el cuaderno de tapas negras que Bárbara le había regalado en su cumpleaños. No escribió nada. Solo lo sostuvo entre las manos, como si esperara que el cuaderno decidiera por él.

Bárbara seguía pintando. No todos los días, pero sí cuando el silencio lo pedía. El estudio estaba intacto: los pinceles dormían en frascos de vidrio, los lienzos cubiertos con sábanas parecían fantasmas pacientes, y las manchas de óleo en el suelo contaban su propia cronología. Criar a Jordan le había cambiado los ritmos, pero no la pulsión. Pintaba de noche, cuando la casa se aquietaba, o en las tardes en que el sol entraba oblicuo por la ventana del estudio.

Ella lo observaba con la misma atención de siempre, aunque ahora desde cierta distancia. Sabía que el tiempo de las respuestas no era suyo.

—No tenés que decidir todo ahora —le dijo una noche, mientras preparaban té.

—Pero todos lo hacen. Saul ya sabe. Los demás también.

—Los demás no son vos —respondió Bárbara, sin levantar la voz.

Jordan miró la taza. El vapor subía lento, como si también dudara.

Los días pasaban entre exámenes, despedidas y formularios. Jordan seguía repartiendo diarios los fines de semana, aunque ahora lo hacía más por costumbre que por necesidad. La bicicleta tenía el manubrio flojo y la canasta oxidada, pero él seguía pedaleando. A veces, dejaba titulares inventados en los buzones, como cuando era niño. Nadie se quejaba. Algunos incluso los guardaban.

Una tarde, mientras entregaba el último diario en Balaclava, vio a Saul sentado en la vereda, dibujando una fachada.

—¿Y si lo que quiero hacer no existe todavía? —preguntó Jordan, sin saludar.

Saul levantó la vista, sin sorpresa.
—Entonces tenés que inventarlo.

Capítulo 5 – Ecos cruzados

Cuando Jordan tenía apenas seis años, su voz infantil resonaba en la esquina del parque de Caulfield, gritando con entusiasmo:
—¡Extra, extra! ¡Las últimas noticias… extra!
Los transeúntes y quienes bajaban del tranvía sonreían al verlo con sus pequeños zapatos gastados y su gorra ladeada. Algunos compraban el periódico solo por el placer de escuchar aquella vocecita que llenaba la calle de energía.
Años después, la esquina seguía siendo parte de su rutina, pero el encanto de aquel recuerdo flotaba en el aire como un eco distante de los días en que era solo un niño y el mundo le parecía más sencillo.

Jordan no había dejado de pensar en ella. Todo el recorrido hacia la casa de su amigo Saúl se sentía distinto: las calles que antes recorría sin notar ahora parecían estar teñidas de un nuevo significado.

Una imagen que resonaba en su mente

como un eco, un susurro imposible de ignorar.

Al llegar, soltó la bicicleta y entró apresurado, encontrando a Saúl recostado en el sofá, hojeando una revista sin demasiada atención.

—Saúl, ¿a que no sabes lo que me pasó? —soltó Jordan, sin preámbulos.

Su amigo levantó una ceja, divertido.

—¿No me digas que por fin te hablaron los extraterrestres?

Jordan soltó una risa entrecortada, pero no perdió el hilo.

—No, es más raro... conocí a alguien.

Saúl dejó la revista sobre la mesa.

—Ah, ya veo —dijo con una sonrisa de complicidad—. ¿Quién es la afortunada?

Jordan inspiró profundamente antes de pronunciar lo que parecía la verdad más evidente del mundo:

—Es lo más bello que he visto en mi vida.

Saúl soltó una carcajada desbordante.

—¿Y ya le declaraste tu amor eterno, o apenas tropezaste con ella?

Jordan lo fulminó con la mirada... y luego terminó riendo también.

—Bueno —siguió Saúl—, por lo menos le habrás preguntado su nombre.

Jordan negó con la cabeza, aún sonriendo.

—Pues... no. No me dio tiempo.
Saúl frunció el ceño con fingida incredulidad.
—¿Cómo es la casa y dónde está ubicada?
Jordan soltó un suspiro, como si el recuerdo estuviera grabado en su mente.
—Es la de muro blanco y portón verde, justo detrás del parque.
Saúl chasqueó los dedos con entusiasmo.
—¡Bueno, bueno! Hoy es tu día de suerte. La joven que vive ahí se llama Lailah. Lo sé porque su padre es amigo del mío... y además, conozco a una amiga suya.Saúl, que siempre tenía planes en marcha, sonrió mientras se acomodaba en la silla.
—Mi amiga Natalia estudia con Lailah —repitió Saúl, frotándose las manos con entusiasmo—. ¿Y si le pedimos que les diga a Lailah y Esther que las esperamos a la salida del cole? Podemos invitarles a caminar por el parque... nada raro, solo una vuelta.
Jordan levantó una ceja, entre nervioso y esperanzado.
—¿Y si no quiere verme? Digo... después de lo de ayer...
—Por eso mismo —respondió Saúl, con media sonrisa—. Capaz que quiere

decirte algo. Aunque sea devolverte el diario en la cabeza.

Jordan se rió, pero bajó la mirada. En el fondo, no podía quitarse la imagen de Lailah de la mente.

—Bueno, probemos. Pero si esto sale mal, me das una revancha.—Hecho —dijo Saúl, alzando la mano para sellar el pacto—. Esta historia apenas empieza, mi amigo.

—Mientras tanto, Lailah también compartía su propia versión de los hechos, aunque con un tono completamente distinto.

Sentada en la cafetería con Esther, su amiga más cercana, agitaba la taza con impaciencia. Su ceño fruncido no había desaparecido desde la noche anterior.

—¡¿Puedes creerlo?! —exclamó, dejando la taza sobre la mesa con un golpe seco—. Me arruinó la noche del viernes.

Esther, con la cabeza ligeramente inclinada, intentaba contener una sonrisa.

—Dime la verdad, Lailah... ¿realmente fue tan terrible?

Lailah cruzó los brazos.

—Es un desastre. Ese Viernes todo estaba perfectamente planeado y ahora... ¡mírame! —hizo un gesto dramático hacia su rostro, aunque no había ni una marca visible—. No puedo ni mirarme en el espejo sin recordar su cara.

Esther se mordió la lengua antes de decir lo que realmente pensaba: aquello sonaba más a fascinación que a molestia.

El destino, sin embargo, tenía sus propias ideas.

Saúl, que siempre tenía planes en marcha, sonrió mientras se acomodaba en la silla.

—Mi amiga Natalia estudia con Lailah —repitió Saúl, frotándose las manos con entusiasmo—. ¿Y si le pedimos que les diga a Lailah y Esther que las esperamos a la salida del cole? Podemos invitarles a caminar por el parque... nada raro, solo una vuelta.

Jordan levantó una ceja, entre nervioso y esperanzado.

—¿Y si no quiere verme? Digo... después de lo de ayer...

—Por eso mismo —respondió Saúl, con media sonrisa—. Capaz que quiere decirte algo. Aunque sea devolverte el diario en la cabeza.

Jordan se rió, pero bajó la mirada. En el fondo, no podía quitarse la imagen de Lailah de la mente.

—Bueno, probemos. Pero si esto sale mal, me tomo la revancha.—Hecho —dijo Saúl, alzando la mano para sellar el pacto—. Esta historia apenas empieza, mi amigo.

Capitulo 6- Contraluces

La casa de los Azoulay estaba llena de objetos bien colocados y emociones cuidadosamente editadas.En una de esas calles donde las buganvillas se enredan con gracia sobre los cercos blancos, el hogar de Daniel y Helena parecía una galería de discretos gestos familiares. Nada chirriaba, nada desentonaba. Ni siquiera el amor.

Daniel coleccionaba cámaras antiguas. Las alineaba en una vitrina junto a libros de arquitectura, como si ambos revelaran el alma de las cosas sin decirlas. Era un hombre de silencios amables, de consejos que se ofrecían más con una ceja levantada que con sermones.

Helena, en cambio, dominaba la casa con una elegancia quieta. Su severidad era más estética que autoritaria: cada gesto, medido; cada crítica, envuelta en terciopelo.

A Lailah nunca le dijeron que no. Le dieron carretes, cursos de laboratorio, incluso aquel primer cuarto oscuro en el lavadero. Pero tampoco la alentaron con aplausos. Su libertad, como casi todo en esa casa, fue un regalo silencioso.

Había una foto, sin embargo, que desentonaba. Estaba sobre la cómoda del pasillo, un retrato que Lailah tomó a los catorce, con la luz entrando oblicua desde una ventana. En él, Daniel aparece desenfocado en el fondo, sonriendo apenas, y Helena, por una vez, con la mirada baja.

Al cruzar el umbral, sentía que la imagen volvía a mirarla, como si intentara atrapar el instante preciso en que la luz dejó de iluminar a una niña y comenzó a perfilar a alguien nuevo, aún en sombra.

No supo si era Daniel o ella misma. Pero algo en esa silueta le pareció familiar, como si la casa hubiera empezado a fotografiarla a ella.

Desde entonces, cada vez que cruzaba el pasillo, miraba el retrato sobre la cómoda con una mezcla de pudor y desafío.

Sabía que esa foto no era solo una imagen: era una grieta. Un contraluz. El momento exacto en que dejó de ser hija para convertirse en testigo

A veces, Lailah se encerraba en el cuarto oscuro sin necesidad de revelar nada. Se sentaba en el taburete, con las manos sobre las rodillas, y dejaba que el silencio la envolviera como una emulsión tibia. Allí, entre el olor a químicos y las sombras rojas, aprendió que la imagen no siempre aparece en el papel, sino en la espera.

Daniel pasaba por la puerta sin interrumpir. A veces dejaba una caja de negativos sobre la mesa, sin decir de quién eran ni qué contenían. Era su forma de confiar.

Helena, en cambio, nunca entraba.

Pero una vez, al encontrar una foto de su madre en el fregadero, la sostuvo entre los dedos como si fuera una carta sin remitente. No dijo nada. Solo la dejó secar sobre una toalla blanca.

Lailah empezó a fotografiar cosas que no se movían: la sombra de una cuchara sobre el mantel, el reflejo de una lámpara en el suelo encerado, el hueco que dejaba una silla vacía.

Una noche de invierno, cuando la casa dormía y el lavadero aún conservaba el calor del día, Lailah volvió al cuarto oscuro con una caja de negativos que no eran suyos. No había nombres ni fechas. Solo imágenes veladas, como si alguien hubiera querido borrar el pasado sin romperlo del todo.

Reveló uno. Era una foto de Helena, joven, en blanco y negro, sentada en un banco del parque Caulfield.

No miraba a la cámara. Miraba algo fuera del encuadre, con una expresión que Lailah no reconocía. No era la madre elegante ni la crítica envuelta en terciopelo. Era otra mujer. Más abierta. Más sola.

Lailah la colgó con las pinzas, junto a sus propias fotos. La imagen se balanceaba apenas, como si respirara. No sabía quién la había tomado, pero entendió que también era suya. Porque la memoria, como la luz, se filtra por donde menos se espera.

Al día siguiente, Helena entró al lavadero por error. Buscaba un mantel viejo. Se detuvo frente a la foto sin decir nada. Lailah la observó desde el umbral, sin moverse.

—¿Dónde encontraste eso? —preguntó Helena, sin dureza.

—Estaba en una caja. No tenía nombre.

Helena asintió. No preguntó más. Solo bajó la mirada, como en aquel retrato del pasillo, y salió con el mantel en la mano.

Desde entonces, Lailah empezó a fotografiar rostros sin permiso. No por rebeldía, sino por necesidad. Porque entendió que lo que no se dice también merece ser revelado.

No buscaba belleza. Buscaba lo que quedaba cuando todo lo demás se iba.

Una tarde, mientras revelaba un carrete de la calle, encontró una imagen que no recordaba haber tomado. Era la fachada de la casa, con la Santa Rita en flor y una figura borrosa en el umbral.

No supo si era Daniel o ella misma. Pero algo en esa silueta le pareció familiar, como si la casa hubiera empezado a fotografiarla a ella.

Desde entonces, cada vez que cruzaba el pasillo, miraba el retrato sobre la cómoda con una mezcla de pudor y desafío.

Sabía que esa foto no era solo una imagen: era una grieta. Un contraluz.

Desde entonces, cada vez que cruzaba el pasillo, la luz del retrato le devolvía una sombra. No era solo una foto: era el reverso de una historia. El momento en que dejó de ser hija y empezó a mirar desde afuera.

Capítulo 7 – Caminos que se cruzan

En el patio del colegio, Natalia observó a Lailah y Esther con una sonrisa traviesa, disfrutando del momento en que su propuesta se desplegaba en el aire. Jordan había pasado incontables horas vendiendo periódicos allí, sin sospechar que algún día volvería no como vendedor, sino como protagonista de una nueva historia.

Natalia recordó el primer día que vio a Jordan: la bicicleta aún desajustada, pero los diarios ya perfectamente doblados, como si cada pliegue fuera una promesa. No era hábil con la mecánica, pero era meticuloso con lo que importaba.

Y eso, pensaba ahora, también era una forma de belleza.

Sentados en el cordón de la calle, Jordan y Saúl observaban el bullicio del colegio con una inquietud latente. Cada estudiante que cruzaba el umbral les parecía una posibilidad, pero ninguno era quien esperaban. La espera se volvía interminable.

Saúl tamborileaba los dedos contra su rodilla con un ritmo rápido, nervioso. Miró su reloj por tercera vez.

—¿Y si Natalia no pudo convencerlas? Jordan no respondió de inmediato. Se pasó la mano por el cabello, exhalando apenas.

—Si alguien puede hacerlo, es ella. Silencio. El aire se volvía denso. El ruido de los estudiantes se desdibujaba en un murmullo lejano. Jordan entrecerró los ojos, buscando sin querer admitirlo. Un balón rodó hasta sus pies. Lo pateó sin ganas, pero su pulso se aceleró cuando vio algo entre la multitud: un destello de cabello oscuro, el porte inconfundible de Lailah.

—Ahí vienen —murmuró Saúl, incorporándose un poco. No estaba sola. A su lado caminaba otra joven que Jordan no conocía, pero la tensión en la postura de Saúl lo delató. Natalia, con su sonrisa confiada, gesticulaba aún, como si estuviera cerrando su argumento.

La distancia entre ellos se acortaba lentamente. Solo quedaba esperar si Natalia había logrado convencerlas... o si tendrían que intentarlo ellos mismos. Lailah bajó la mirada apenas lo vio, pero no cambió su rumbo. Había decidido ir, aunque todavía no entendía por qué. No era curiosidad. Tampoco cortesía. Era otra cosa. Algo que no sabía nombrar.

Saúl sonrió al ver a Esther, saludándola con un gesto.

—Bueno, parece que la tarde será interesante.

Jordan se preparó, sin saber si Lailah le dirigiría siquiera una palabra. El parque los esperaba.

Antes de que llegaran, Jordan sacó algo del bolsillo: un recorte de periódico doblado en cuatro. No era reciente. Era uno de los titulares que había inventado de niño: "Una chica cruzó la calle sin mirar atrás, pero dejó una sombra que aún espera."

Lo sostuvo unos segundos, luego lo guardó sin que nadie lo viera.

Natalia se detuvo a medio metro de ellos. No dijo nada. Solo los miró como quien entrega una llave sin saber qué puerta abrirá.

Lailah levantó la vista. No sonrió. Pero tampoco se fue.

Y eso, para Jordan, fue suficiente.

Capítulo 8 – Solo para románticos

El atardecer envolvía Caulfield Park con
un resplandor tenue, pinceladas doradas
que se filtraban entre las hojas. El aire
olía a tierra tibia y hojas secas. Un perro
ladraba a lo lejos, y el sonido se perdía
entre los árboles como si también
quisiera formar parte de la escena.
Saúl y Esther caminaban unos pasos
adelante, conversando sin pausa, sus
risas flotando como si fueran dueños del
instante. Saúl conocía a Esther. Ella no
interrumpía el mundo: lo comentaba
como quien conversa con las nubes. Él
no esperaba nada, pero tampoco sabía
cómo evitar mirar cuando alguien
hablaba con tanta libertad.
El parque, testigo silencioso, parecía
conspirar a su favor. Un mismo lugar,
dos encuentros distintos. Uno nacido de
la duda que comienza a transformarse

en certeza. El otro, desde la irreverencia que suaviza heridas antiguas.

Saúl caminaba con las manos en los bolsillos, como siempre. No le agradaban los espacios concurridos, pero aquel parque era distinto: ni ruidoso, ni ordenado, ni pretencioso. Era como él —un tanto desprolijo, pero auténtico.

Esther lo observó con atención. Le intrigó la manera en que Saúl contemplaba el mundo: no como quien desea entenderlo, sino como quien ya ha decidido que no hace falta hacerlo. Se acercó con paso firme, sin prisa.

—¿Evitás las multitudes o simplemente fingís que caminás sin rumbo?

Saúl la miró, y por primera vez en mucho tiempo, sonrió sin calcular el gesto.

—Un poco de ambas cosas. Aunque no creo que fingir sea algo que se me dé bien.

Esther se sentó en la banca de madera, balanceando los pies, como si conversara con el viento.

—Me agrada la gente —dijo— pero en pequeñas dosis. Especialmente si no están hablando de lo bien que les va.

Saúl la observó con genuina curiosidad.
No era habitual encontrar alguien que
hablara como si improvisara poesía.
—¿Siempre decís lo que pensás?
—No siempre —respondió—. A veces
digo lo que nadie quiere escuchar.
Luego, sin que él lo pidiera, compartió
una historia:
—Una vez me escapé de una fiesta
familiar y terminé hablando con un pato
en el lago. Fue el único que no me
interrumpió.
Saul soltó una risa breve, inesperada.
No fue burla.
Fue reconocimiento.
Como si ese pato, en su silencio, hubiera
dicho más que muchas personas.
Ese fue el primer cruce.
No hubo gestos de cercanía ni promesas
apresuradas.
Solo dos personas que, sin esforzarse
por parecer distintas, simplemente lo
eran.
Y con eso fue suficiente,
Caminaron juntos por el parque durante
más de una hora, sin mirar el reloj.
Esther compartió historias
desmesuradas, y Saúl las interrumpía
con preguntas sin sentido. Rieron, sin
testigos. Y antes de marcharse, ella
arrancó una flor del suelo y se la

entregó. No como símbolo, sino como impulso.

—No te acostumbres a que te regalen cosas sin motivo —dijo Esther, con una sonrisa parcial.

—No me acostumbro a nada —respondió Saúl—. Por eso me resultás auténtica.

Jordan, sin embargo, apenas podía encontrar palabras. Lailah estaba a su lado, demasiado cerca y demasiado lejana al mismo tiempo. Por primera vez, el antiguo vendedor de periódicos, acostumbrado a levantar la voz con seguridad, se sentía completamente fuera de lugar.

Pensó en decirle que la había buscado en sueños, pero se mordió la lengua. No era momento de parecer intenso. Solo quería que ella se quedara un poco más. Miró a Saúl y Esther, observó la facilidad con la que se entendían. Tal vez en otro día, en otro escenario, él también habría sabido qué decir.

Pero igual quebró el hielo con lo único que se le ocurrió:

—Parece que esos dos se llevan bien.

Lailah lo miró de reojo, intentando no sonreír demasiado.

—Así parece.

El silencio se volvió más ligero, casi cómodo. Entonces, ella preguntó, casi por instinto:

—¿Venís seguido al parque?

—A veces —respondió él, con más suavidad de la que había planeado.

Lailah asintió, mirando alrededor. La brisa agitaba los árboles con gentileza. El parque tenía ese aire de nostalgia que parecía envolverlo todo.

—Yo solía venir más cuando era niña.

—Yo también —dijo Jordan—. De hecho, solía vender periódicos en la esquina.

Ella lo miró, interesada.

—¿Eras uno de esos chicos que gritaban "¡Extra, extra!"?

Jordan esbozó una pequeña sonrisa.

—Sí. No me quedaba otra, tenía que hacer que me escucharan.

—¿Y ahora?

—Ahora es diferente.

—Por qué?

—Porque estoy al lado tuyo

Ella entrecerró los ojos, intentando descifrar sus palabras.

Jordan exhaló lentamente, sintiendo que algo empezaba a encajar. Como si en ese instante, en ese paseo, estuvieran construyendo algo invisible pero real.

A lo lejos, Saúl y Esther seguían charlando, sin notar que entre Jordan y Lailah, finalmente, algo comenzaba a fluir.

Y así, el azar comenzaba a tejer los hilos de una historia que apenas había comenzado.

El sol descendía detrás de los árboles, tiñendo Caulfield Park con tonos cálidos y melancólicos. Había llegado el momento de despedirse, pero Jordan sentía que no podía dejar que el día terminara así, sin al menos intentarlo. Miró a Lailah de reojo y, con un tono casual —aunque su corazón latía más rápido de lo que quería admitir—, preguntó:

—¿Te gusta la pizza?

Lailah sonrió con un brillo travieso en los ojos.

—¿Esto es una encuesta de gustos o estás por invitarme a algún lugar?

Jordan se aclaró la garganta.

—No a algún lugar... aquí.

—¿Aquí? —preguntó ella, arqueando una ceja.

—Sí. Mañana podemos sentarnos en uno de los bancos y charlar mientras esperamos a que el chico la entregue.

Ella lo miró con una mezcla de sorpresa y diversión.

—Claro, te la traerán al parque solo porque te llamás Jordan.

Jordan esbozó una sonrisa, relajándose un poco.

—¿Aceptás?

Lailah cruzó los brazos, fingiendo que lo pensaba con seriedad.

—Lo pensaré.

En ese instante, Esther y Saúl regresaban de su caminata, tomados de la mano, perdidos en su propia burbuja de felicidad.

Se despidieron con naturalidad, aunque Saúl no pudo evitar quedarse un segundo más, esperando la respuesta que Jordan tanto ansiaba.

Lailah y Esther comenzaron a alejarse, y Saúl miró a Jordan con un gesto de resignación.

—Bueno... eso fue...

Pero antes de que pudiera terminar la frase, Lailah miró hacia atrás y dijo con voz clara:

—Pizza está bien. Mañana a las cinco.

Jordan respiró hondo. Sintió que el aire se volvía liviano. Que el mundo recuperaba su color más vibrante.

Una hoja cayó justo entre ellos, girando en el aire como si celebrara la noticia.

Jordan la recogió sin decir nada. No era un símbolo, pero lo parecía.

Saltó de júbilo y, sin poder contenerse,
gritó a viva voz:
—¡Extra, extra! ¡Lailah dijo que sí!
Las carcajadas de Esther y Saúl se
unieron a la suya, y por un instante,
todo parecía perfecto.
El parque, el viento suave, las promesas
no dichas que flotaban en el aire.
Mañana, cuando el sol volviera a teñir el
cielo, todo empezaría de nuevo.

Capítulo 9 – Extra, extra: la pizza del destino

El corazón de Jordan se aceleró mientras cruzaba la puerta de La Bella Vita, el aroma de ajo asado y queso burbujeante envolviéndolo como un cálido abrazo. Pero el confort era lo último que sentía. Estaba en una misión... desesperada.

Detrás del mostrador, el padre de Giuseppe —un veterano pizzero con manos cubiertas de harina y la sabiduría de los años— levantó la vista de la masa que estaba amasando. Sus ojos afilados captaron la inquietud de Jordan, la manera en que se pasaba una mano por el ya despeinado cabello.

—Jordan —lo saludó, dejando caer la masa con un golpe seco y calculado—. Parecés un hombre persiguiendo su destino. ¿Qué necesitás?

Jordan cambió el peso de un pie al otro, tragando con dificultad.

—Necesito una pizza para entregar... Quisiera que me la llevaran al parque. Esta tarde. Tiene que ser perfecta —remarcó.

El pizzero se limpió las manos en su delantal y se inclinó ligeramente, con la diversión brillando en su mirada.

—¿Perfecta, eh? Esa es una petición ambiciosa.

Tras una pausa, sus labios se curvaron en una sonrisa astuta.

—Te debe gustar mucho esta chica.

El calor subió al rostro de Jordan. Su garganta se cerró. Asintió, aunque las palabras lo abandonaron.

El viejo soltó una carcajada, dándole una palmada en el hombro con el peso de quien ha visto muchas historias como esa.

—Entonces haremos una obra maestra. Una pizza digna del amor joven.

Y con eso, se puso manos a la obra: estiró la masa con precisión, untó la salsa como un pincel sobre un lienzo, y esparció justo la cantidad perfecta de mozzarella para que se derritiera a la perfección. Agregó hojas de albahaca como quien firma un cuadro. Mientras el aroma comenzaba a llenar la tienda, Jordan sintió que los nudos en su estómago se aflojaban... solo un poco. Antes de salir, Giuseppe le guiñó un ojo.

—No te preocupes. El destino también se cocina a fuego lento.

Jordan corrió de regreso al parque, el corazón latiéndole como si hubiera corrido una maratón, aunque solo había cruzado unas pocas calles. Al llegar, vio a Lailah ya sentada cerca del lago, sus dedos dibujando patrones en la madera del banco. El viento le movía el cabello con suavidad, y por un instante, Jordan pensó que no había escena más perfecta. Cuando lo vio acercarse, su sonrisa suave hizo que los nervios de Jordan explotaran en mil direcciones.

—Bueno, bueno... al final estás aquí. ¿Alguna noticia de último momento? —bromeó Lailah.

—Algo así —respondió él, riendo nervioso.

Ella inclinó la cabeza, la curiosidad brillando en sus ojos.

Jordan estaba a punto de desviar el tema con torpeza cuando una voz distante irrumpió:

—¡Entrega especial para un romántico sin remedio!

Jordan se congeló mientras Giuseppe emergía de las sombras, sosteniendo la caja de pizza como si fuera un trofeo sagrado. Su sonrisa era amplia. Demasiado amplia.

—Directamente desde La Bella Vita. Los mejores ingredientes, personalmente aprobados por mi padre... y ahora por mí. Espero que esté a la altura de las expectativas.

Jordan resistió el impulso de derretirse en el pavimento.

—Realmente te esforzaste, ¿eh? —dijo Lailah, riendo.

Jordan se rascó la nuca, intentando sonar relajado.

—Yo... uh... quería que saliera bien.

Giuseppe le dio una palmada en la espalda con la fuerza de un hermano mayor orgulloso.

—Relajate, Romeo. Es solo pizza. Pero si le gusta, estás salvado.

Jordan le lanzó una mirada fulminante, pero Giuseppe ya se alejaba, dejándolos solos de nuevo.

Jordan bajó la voz.

—Conocí a Giuseppe un miércoles cualquiera en Caulfield, aunque para mí no sería como los otros. Tenía once años. Llevaba un puñado de periódicos bajo el brazo, atento a cada esquina. Ya había aprendido que la calle no perdonaba distracciones.

Al girar por una de las avenidas cercanas al parque, tres muchachos mayores se acercaron. No buscaban noticias. No eran vendedores. Solo querían arrebatarme lo que llevaba, como quien toma por diversión o por costumbre.

—Entreganos eso —ordenó el más alto, empujándome el hombro.

Intenté alejarme, evitar el conflicto. En ese momento, como si respondiera a un guion invisible, apareció Giuseppe.

No lo conocía. Ni siquiera sabía su nombre. Pero lo recuerdo con nitidez: cabello oscuro, camiseta manchada de harina, mirada firme. No elevó la voz. No necesitaba hacerlo.

—Si se meten con él, se meten conmigo —dijo con serenidad. Y luego añadió: — ¿Alguno quiere intentarlo?

Nadie respondió. Solo se alejaron, uno a uno. No por temor a la violencia, sino por algo más difícil de explicar: el respeto que impone quien no necesita fingir.

Entonces, Giuseppe se dirigió a mí:

—Si vuelven a molestarte, decímelo. Mi padre tiene una pizzería en la esquina. Siempre estoy allí ayudando.

Yo solo lo miré, sin saber qué decir. Había algo en su gesto que hablaba más fuerte que las palabras.

Él se marchó silbando, como si nada hubiese pasado. Pero para mí, ese momento fue el comienzo de una amistad que no buscó presentación, solo presencia.

Lailah sonrió con admiración y luego levantó la tapa de la caja e inhaló el aroma.

—Si está terrible... ¿significa que esta cita está condenada? —bromeó.

—No bromees con eso —dijo Jordan, fingiendo horror.

Mientras comían, la risa fluía, como la noche misma: ligera y despreocupada. Y mientras el lago reflejaba el suave resplandor de las farolas, Jordan se dio cuenta de algo: esto no se trataba solo de pizza.

Era el comienzo de algo real.

Envueltos en la suave luz del atardecer, una joven pareja se acurrucaba en un banco de parque gastado, mientras el aroma de la pizza recién horneada se mezclaba con el aire fresco de otoño. Lailah acariciaba distraídamente el borde de su botella de refresco. Jordan tamborileaba con los dedos sobre la caja de cartón, saboreando la emoción silenciosa de su primera salida juntos.

A su alrededor, el mundo se volvía etéreo: la risa distante de los niños jugando al escondite flotaba entre los árboles, la luz dorada de las farolas parpadeaba como luciérnagas, y las hojas susurraban con la brisa.

Era como si el tiempo se hubiese detenido solo para ellos.

Su conversación fluía sin esfuerzo, desvelando sueños largamente guardados, preocupaciones no dichas y las tímidas confesiones que solo el amor joven puede invocar.

Con cada bocado, saboreaban más que mozzarella derretida y salsa de tomate vibrante: disfrutaban la chispa entre ellos, el entendimiento silencioso, la electricidad de algo nuevo y frágil.

Se lanzaban miradas furtivas; sus sonrisas se prolongaban un instante más de lo necesario.

Ninguno sabía a dónde los llevaría ese momento, pero ambos intuían que era el principio de algo que los moldearía de formas aún imposibles de imaginar.

Mientras la noche avanzaba, sus risas se tejían con el ritmo del parque: una promesa silenciosa entre ambos.

Ese banco, esa comida compartida, ese parque... se convertiría en el primer capítulo de una historia llena de desafíos y triunfos, secretos susurrados y lazos inquebrantables.

Y aunque ahora no lo sabían, algún día volverían a este lugar, recordando la noche en que todo, realmente, comenzó.

Capítulo 10 – El legado entre polvo y luz

Jordan empujó la puerta del altillo con esfuerzo. Se atascó por un momento, el viejo mecanismo resistiendo, como si intentara mantener su contenido oculto. Finalmente, con un golpe seco, logró abrirla. Una bocanada de polvo le cayó sobre el rostro, obligándolo a toser. Parpadeó varias veces antes de subir los peldaños.

El ático se desplegaba ante él en penumbra: una maraña de objetos olvidados por el tiempo. Cajas apiladas sin orden, muebles cubiertos por sábanas manchadas de humedad, una máquina de escribir oxidada sobre un escritorio carcomido. La luz de la tarde apenas lograba filtrarse por una ventana estrecha, creando sombras alargadas que parecían moverse con cada paso.

Su tía le había comentado que, en el altillo de la vieja casa, aún quedaban algunas cajas con recuerdos de sus padres. Jordan nunca había sentido la necesidad de buscarlas —como si ignorarlas fuese suficiente para evitar preguntas incómodas. Pero ahora, con el eco de las palabras de Bárbara resonando en su mente, la curiosidad pesaba sobre él como una urgencia.

No era nostalgia. Era la intuición de que algo dentro de esas cajas podía cambiar lo que creía saber.

Se acercó a un archivador de cuero desgastado. Sus dedos recorrieron su borde. Al abrirlo, el chirrido del metal en el silencio fue tan agudo que casi retrocedió. Sacó la primera carpeta con manos temblorosas.

La portada de Voz Urbana apareció ante sus ojos. Tipografía firme. Un título que parecía desafiar al tiempo.

"Crónicas para un mundo despierto."

Algo en la fuerza de esas palabras hizo que su sangre se agitara. Pasó las páginas con rapidez. Cada artículo era una pieza de un rompecabezas que nunca había sabido que faltaba.

Denuncias sociales, entrevistas con voces que exigían justicia, argumentos precisos y afilados. Cada palabra tenía vida. Tenía impacto.

Entonces encontró la editorial de su padre:

Un escalofrío le recorrió la espalda. Aquella frase no era solo profesional. Era íntima. Era exactamente lo que él mismo había sentido sin saber de dónde venía.

Su deseo de estudiar periodismo ya no era una inclinación. Era una continuación. Un legado.

Jordan cerró la carpeta con las manos aún temblorosas, intentando procesar lo que acababa de leer. Pero justo cuando pensaba que ya había descubierto todo lo necesario, algo más llamó su atención. Unas hojas se deslizaron al suelo, revelando fotografías intercaladas entre los artículos.

Tomó una. Mostraba una calle iluminada por neones desgastados. El rostro de una anciana, firme, delineado por la luz de un farol. En la esquina, un nombre casi borrado: Sara Wells. Su madre.

Jordan sintió que el suelo le faltaba. Siguió revisando: protestas, un hombre solitario en la bruma del amanecer, un niño riendo desde la ventana de un tren en movimiento. Todas las imágenes estaban firmadas por ella.

La sorpresa lo golpeó con fuerza. Su padre escribía. Su madre fotografiaba. Juntos habían construido algo más que una revista. Era una visión compartida. Una manera de contar el mundo con palabras y luz.

Un legado que no se había extinguido. Latía ahora en sus manos.

Y de repente, todo cobró sentido: su amor por el periodismo, su necesidad de capturar momentos, su impulso de contar historias.

No era casualidad. Era historia. Su historia.

Se detuvo frente a una caja más pequeña, envuelta en papel de diario amarillento. Al abrirla, encontró una libreta con anotaciones en tinta azul, algunas casi borradas por el tiempo. En la primera página, su madre había escrito:

Jordan cerró los ojos. Esa frase, tan breve, contenía todo lo que él había sentido al tomar una fotografía sin saber por qué. Era como si ella le hubiese dejado una brújula silenciosa.

Al bajar del altillo, aún sacudiéndose el polvo de los hombros, Jordan se dirigió a la cocina. Su tía estaba allí, junto a la ventana, con una taza de té entre las manos.

—Tía... ¿puedo preguntarte algo?

Ella lo miró por encima de la taza, la dejó con cuidado sobre la mesada y asintió.Jordan se sentó. Tenía el rostro iluminado por una mezcla de asombro y necesidad.

—Acabo de descubrir que ellos... mis padres... tenían una vida muy compartida. No lo sabía. Y ahora no sé si estoy emocionado o confundido.

Su tía se quedó en silencio unos segundos, como si observara no al joven que había criado, sino al hijo de su hermana, convertido en buscador de verdades.

—Tu madre era la mirada. Tu padre, la palabra —dijo con calma—. No hacían ruido, pero juntos hacían temblar cosas.

—¿Por qué nunca me hablaste de esto?

—Porque sabía que ibas a llegar solo. Y veo que lo hiciste. Justo como ellos habrían querido: por curiosidad, no por mandato.

Se giró y abrió uno de los cajones. Sacó un cuaderno de tapas desgastadas.

—Tu padre escribía notas que no publicó. Algunas eran muy personales. Este es uno de ellos.

Extrajo luego una pequeña caja con negativos fotográficos.

—Y esta fue la última serie que tu madre reveló antes de que se fueran.

Jordan deslizó los dedos por el cuaderno y lo abrió con cuidado. Leyó una línea:

La tía lo observó con ternura.

—Querían mostrar lo invisible. A veces era una injusticia, otras una sonrisa que nadie notaba. Ella capturaba sin pedir permiso. Él escribía como si cada palabra fuese brújula.

Jordan sintió que algo dentro de él se afirmaba. No era una simple emoción. Era reconocimiento.

Su tía se acercó y le tocó el hombro con cariño.

—Mañana podemos bajar las otras cajas, si lo deseás.

Jordan asintió. Y mientras la tarde descendía como un telón suave detrás de la ventana, supo que acababa de leer el prólogo de su verdadera historia.

Pero también entendió algo más: que ese legado no era una carga, sino una promesa.

Una promesa que ahora le tocaba reescribir, con su propia voz y su propia luz.

Capítulo 11 – Lo que flota en el aire

Lailah se dejó caer en el sofá con una sonrisa que no podía ocultar. Había algo en el aire, una sensación que aún flotaba dentro de ella, como si la energía del encuentro con Jordan siguiera viva incluso horas después. No era solo emoción: era una vibración persistente, como el eco de una canción que no se quiere olvidar.

Esther la miró con una expresión divertida, cruzando una pierna sobre la otra mientras jugueteaba con sus anillos.

—A ver, decime la verdad —dijo con tono inquisitivo—. Tenés una cara que delata que algo interesante pasó.

Lailah intentó fingir un aire indiferente, pero el brillo en sus ojos la traicionó.

—No es nada... —murmuró, aunque su sonrisa seguía ahí.

Esther chasqueó la lengua.

—No me vengas con eso. Jordan. Fue él, ¿verdad?

Lailah dejó escapar una risa nerviosa. Era extraño cómo, al decir su nombre en voz alta, la sensación volvía con más fuerza. Como si su presencia se activara en el aire, solo con nombrarlo.

—Sí... —admitió finalmente, y la palabra quedó flotando entre ellas.

Esther se inclinó hacia adelante, ansiosa por los detalles.

—Soltá todo. No quiero la versión resumida. Quiero saberlo todo.

Lailah respiró hondo, disfrutando un segundo más la emoción antes de empezar a hablar.

—Nos encontramos en el parque. Fue diferente a todo lo que viví antes. No hubo silencios incómodos, no hubo momentos en los que dudé qué decir. Con él todo fluyó, como si el tiempo no existiera.

Esther la observó con una sonrisa cautelosa, analizando cada palabra.

—Ajá... ¿y?

Lailah bajó la mirada, recordando el instante exacto en que Jordan la acompañó hasta su puerta. El aire era fresco, la luz tenue, y por un momento se sintió más conectada a él que nunca. Como si el mundo se hubiese detenido solo para que ese gesto ocurriera.

—Nos besamos.

Esther dio una palmada en el aire, triunfante.

—¡Sabía que algo así había pasado! —exclamó, riendo—. Dios, ¿te das cuenta? Esto no fue un encuentro casual. Esto es el comienzo de algo real.

Lailah sonrió, pero en el fondo, el vértigo del sentimiento era tan intenso como su felicidad. Lo real podía ser hermoso... pero también aterrador.

—No sé qué vendrá después... pero fue especial.

Esther asintió, como si entendiera más de lo que Lailah decía con palabras.

—Tenés esa cara. La de alguien que acaba de enamorarse un poco y todavía no lo admite.

Lailah rió suavemente.

—Quizás.

Hubo un breve silencio, en el que la felicidad de Lailah seguía flotando en el aire. Pero entonces, Esther cambió de postura. Se recostó en el sillón, dejando caer la cabeza hacia atrás. Sus ojos miraban el techo, pensativa.

—Bueno... yo no puedo decir lo mismo sobre Saúl —soltó finalmente.

Lailah frunció el ceño, sorprendida por el giro repentino en el tono.

—¿Por qué? —preguntó con suavidad.

Esther exhaló un suspiro, como si ordenara sus pensamientos antes de hablar.

—Saúl es... —hizo una pausa, buscando las palabras adecuadas—. Es difícil de definir. No es exactamente tímido, pero tampoco se abre con facilidad. A veces parece reservado, como si prefiriera observar en lugar de participar.

Hizo una breve pausa.

—Pero otras veces... —frunció ligeramente el ceño— hay algo en él que intriga, como si siempre estuviera pensando en algo que nadie más puede ver.

Lailah ladeó la cabeza, interesada.

—¿Te referís a que es introvertido?

Esther dudó.

—Tal vez. Pero no es solo eso. Es como si... —sus ojos volvieron al techo, buscando la idea que aún no lograba atrapar—. Como si ni siquiera él supiera quién es realmente.

Lailah se quedó en silencio, procesando. El contraste entre su propia claridad emocional y la confusión de Esther era palpable. Lo que flotaba en el aire ya no era solo alegría: era también incertidumbre, deseo, miedo.

—¿Y eso te aleja o te acerca? —preguntó finalmente.

Esther giró la cabeza hacia ella, sorprendida por la pregunta.

—No lo sé. A veces quiero entenderlo. Otras veces, me cansa no saber si él quiere que lo entiendan.

Lailah se acercó un poco más, como si el sofá se hubiese vuelto más íntimo.

—Tal vez no se trata de entenderlo. Tal vez se trata de estar ahí, cuando él se entienda a sí mismo.

Esther la miró, y por primera vez en la conversación, no respondió. Solo asintió, como quien guarda una verdad para más adelante.

El silencio volvió, pero esta vez no era incómodo. Era el tipo de silencio que acompaña a las revelaciones. Afuera, el viento movía las cortinas con suavidad. Y dentro de ese pequeño living, dos amigas compartían lo invisible: lo que flota en el aire cuando el amor empieza, cuando la duda se instala, cuando la vida se vuelve pregunta.

Capítulo 12 – Lo que no se dice

Jordan llegó al café antes que Saúl. Las mesas junto a la ventana reflejaban la luz anaranjada del atardecer, y el murmullo del lugar creaba una atmósfera cálida. Agitó una pierna con impaciencia, repasando mentalmente todo lo que tenía que contarle. No había sido solo un día especial. Había sido un día que lo había cambiado todo.

Saúl entró unos minutos después, desenfadado como siempre, con ese aire de alguien que jamás parece apurado. Se sentó frente a él y, al verlo inquieto, alzó una ceja con diversión.

—Parece que alguien tiene mucho que decir —comentó, removiendo el azúcar en su café.

Jordan soltó un respiro, como si el peso de todo lo ocurrido apenas le dejara espacio para respirar.

—Es que... ni sé por dónde empezar. —Sonrió de lado, apoyándose en la mesa—. Lailah.

Saúl se echó hacia atrás, cruzando los brazos con una sonrisa cómplice.

—Sabía que tenía que ver con una mujer.

Jordan sacudió la cabeza con incredulidad. El parque, la conversación, la caminata hasta su casa, el beso. Aún lo sentía en su piel, como un eco que no quería desaparecer.

—Fue increíble —admitió, riendo suavemente—. No sé qué me pasa, pero con ella todo es... diferente.

Saúl asintió, como si entendiera sin necesidad de más explicaciones.

—Decime que no solo eso te tiene así.

Jordan se acomodó en su asiento. Su mirada cambió: más intensa, más pensativa.

—Descubrí algo sobre mis padres. Mi padre era periodista. Mi madre, fotógrafa. Trabajaban juntos. Crearon un magazine.

Saúl parpadeó, sorprendido. Jordan no era alguien que solía hablar mucho sobre su familia.

—¿En serio? No tenía idea.

—Yo tampoco —respondió Jordan, exhalando, apoyando los codos en la mesa—. Encontré su trabajo en el altillo. Los artículos de mi padre, las fotos de mi madre. Eran increíbles. Parece que todo estaba ahí, esperando a que yo lo descubriera.

Saúl se quedó en silencio unos segundos, procesando lo que acababa de escuchar.

—Eso explica muchas cosas.

Jordan se echó hacia atrás, con una sonrisa que no intentó ocultar.

—Sí. Ahora lo entiendo todo. El periodismo es mi camino. Ya no es solo una idea. Es lo que quiero.

Saúl le dio una mirada de aprobación, una que Jordan siempre había valorado.

—Bueno, amigo... parece que encontraste dos cosas importantes hoy —dijo con una sonrisa ladeada—. Tu futuro. Y Lailah.

Jordan soltó una carcajada.

—Tenés razón. Y lo mejor de todo... es que esto apenas empieza.

Apoyó los codos sobre la mesa y sonrió de lado.

—Pero dejemos de hablar de mí. No te he preguntado cómo te ha ido con Esther.

Saúl exhaló como si le hubieran recordado algo que había intentado dejar para después. Se pasó una mano por el cabello y chasqueó la lengua, pensativo.

—¿Cómo me ha ido? Pues... no lo sé —dibujó una sonrisa incierta—. Esther es una caja de sorpresas. Extrovertida, hippy... en fin, cambiante.

Jordan arqueó una ceja.

—¿Cambiante en qué sentido?

Saúl revolvió el café con más intensidad de la necesaria, como si estuviera buscando las palabras correctas.

—Un día está completamente presente, como si el mundo girara a nuestro alrededor, y al siguiente... no sé. Parece que flota lejos de todo, como si nada realmente le afectara. Me encanta su espíritu libre, pero a veces siento que no logro alcanzarla.

Jordan apoyó la espalda contra el asiento, cruzando los brazos.

—Eso suena complicado.

Saúl soltó una risa corta, sin mucho humor.

—Lo es. No sé si es parte de su encanto o de su manera de mantenerme a raya. Pero hay momentos en los que siento que puedo ver quién es realmente... y entonces, se va.

Jordan lo miró con atención. Había una diferencia clara entre lo que él sentía por Lailah y lo que Saúl vivía con Esther. Con Lailah, todo había sido un fluir natural, una certeza que crecía dentro de él. Pero lo que Saúl describía parecía más un rompecabezas incompleto.

—¿Y vos qué querés? —preguntó Jordan, inclinándose un poco hacia él—. ¿Estás dispuesto a seguir su ritmo?

Saúl tamborileó los dedos contra la taza, mirando un punto indefinido en la mesa. Jordan notó algo en su amigo que rara vez veía: incertidumbre genuina.

—Quisiera entenderla. No solo quedarme con la versión que ella me da cuando le parece conveniente —dijo, dejando la cuchara sobre el plato con un sonido seco—. Es como si estuviera persiguiendo algo que nunca podré atrapar.

Jordan asintió lentamente. Ese contraste era evidente.

—¿Alguna vez te dio señales claras?

Saúl soltó una breve risa.

—Sí. Y cuando eso pasa, es como si nada más existiera. Es mágica. Pero luego... —se encogió de hombros—. Luego se va. Y me quedo intentando descifrar si todo fue real o si solo fue un momento que ella quiso vivir y ya.

Jordan bajó la mirada hacia su café, dándole vueltas a lo que su amigo decía.

—Tal vez no se trata de atraparla —dijo finalmente—. Tal vez solo tenés que decidir si querés bailar al ritmo que ella marca... o si necesitás algo más sólido.

Saúl se quedó en silencio, la mandíbula tensa. Aquello era justo lo que había evitado preguntarse.

Mientras tanto...

—Es atento, es genuino. Pero siento que siempre está esperando algo de mí que no sé cómo darle —dijo Esther.

Lailah la observó en silencio, sin interrumpir.

—A veces me siento completamente presente con él, como si no hubiera nada más en el mundo. Y otras veces... —Esther se pasó la mano por el cabello, suspirando— ... es como si me alejara sin querer. No porque quiera hacerlo, sino porque así soy.

Lailah apoyó una mano sobre la rodilla de Esther, en un gesto de apoyo.

—¿Y vos qué querés?

Esther tardó en responder. Miró por la ventana, donde el cielo comenzaba a teñirse de azul profundo.

—A veces... ni siquiera sé la respuesta —murmuró finalmente.

—¿Y él lo sabe?

—No. Y no sé si quiero que lo sepa. Porque si lo sabe... tal vez se aleje.

Lailah se quedó en silencio. En ese momento, entendió que lo que flotaba entre Saúl y Esther no era falta de amor, sino miedo. Miedo a no coincidir. A no saber cómo sostener lo que se siente cuando no se puede nombrar.

Esther se levantó del sillón y caminó hacia la ventana. El reflejo de su rostro se mezclaba con el cielo nocturno.

—A veces me gustaría que él me preguntara menos y me mirara más. Que entendiera que no todo lo que no digo es un secreto. A veces, simplemente... no sé cómo decirlo.

Lailah se acercó, sin palabras. Solo estuvo ahí.

Y en otro rincón de la ciudad, en una mesa de café, Saúl también guardaba silencio. Miraba su taza vacía, como si esperara que el café le respondiera lo que Esther aún no podía decir.

Capítulo 13 — El nombre

El sol caía lento sobre Caulfield Park, tiñendo los árboles de cobre y las sombras de azul.

Jordan la vio venir desde lejos, caminando entre los eucaliptos, con el reflejo del atardecer detrás de su espalda.

Y sin pensarlo, lo dijo en voz baja, casi para sí:

—Parece un ángel.

Lailah se acercó con una sonrisa tranquila, como si hubiera escuchado sin oír.

Se sentó a su lado en el pasto, sacudiéndose unas hojas del pantalón.

—¿Sabías que mi nombre significa "ángel guardián"? —dijo, como si fuera una coincidencia más.

Jordan giró la cabeza, divertido.

—¿Y eso lo descubriste en una página de horóscopos o en una secta hippy?

—Muy gracioso. Lo leí en un artículo serio. Dice que Lailah acompaña a las personas desde que nacen... y también cuando mueren.

Jordan se quedó pensativo, pero solo por un segundo.

—Bueno, eso explicaría por qué apareciste justo cuando todo se estaba desarmando. Aunque si sos mi ángel guardián, estás medio informal. No tenés ni túnica ni alas.

—Ni falta que hace —respondió ella, sonriendo—. A veces basta con estar.

Jordan se recostó, mirando el cielo entre los árboles.

—¿Y qué más dice ese artículo? ¿También hacés milagros?

—No. Solo acompaño. Escucho. A veces pregunto cosas raras.

—Entonces sí sos vos —dijo él, riéndose—. Aunque si querés cumplir funciones celestiales, podrías empezar por organizar una noche de pizzas.

—¿Con Esther y Saúl?

—Claro. Vos y Esther se ponen a charlar sobre libros, sueños y cosas que no entiendo... y mientras tanto, Saúl y yo nos jugamos unas partidas de ajedrez. Él siempre me gana, pero me deja pensar que estoy cerca.

—Me gusta. ¿Y qué pizza pediríamos?

—La de La Bella Vita, obvio. La de berenjena con queso de cabra. Y una de pepperoni para Saúl, que no cree en las verduras.

Lailah se rió.

—¿Y si esa noche fuera la última?

Jordan la miró, sin dramatismo.

—Entonces sería perfecta. Porque estaríamos todos. Y nadie estaría hablando de finales.

El viento sopló suave, como si aprobara el plan.

Y el parque, como siempre, guardó el secreto.

Lailah se quedó unos minutos más, en silencio. Luego se levantó con calma, le dio un beso en la frente y se alejó por el mismo sendero de eucaliptos, envuelta en la luz dorada.

Jordan la siguió con la mirada hasta que desapareció entre los árboles.

Se quedó solo, recostado en el pasto, con las manos detrás de la cabeza.

El cielo empezaba a oscurecerse, pero aún quedaban rastros de cobre en las hojas.

—Acompañar —murmuró, como si estuviera probando la palabra por primera vez.

No era un verbo cualquiera. Era una forma de estar. De quedarse. De sostener sin exigir.

Y mientras el parque se llenaba de sombras, Jordan entendió que no todos los nombres son casuales. Algunos llegan para quedarse. Otros, para recordarte quién sos cuando todo parece desarmarse.

Y Lailah...
Lailah había hecho ambas cosas.

Capitulo 14 Chocolate con churros

"Lo que huele a casa"

Saúl y Jordan estaban absortos en la partida. El tablero, sobre la mesa baja del salón, parecía un campo minado de silencios. Las piezas se movían con lentitud, como si cada jugada fuera una confesión. Jordan fruncía el ceño, Saúl apenas sonreía. Afuera, el cielo se había vuelto de un gris tibio, como si también estuviera esperando algo.

En la cocina, Esther y Lailah preparaban los churros. La masa reposaba en un cuenco de cerámica, y el aceite comenzaba a chisporrotear en la sartén. El aroma del café recién hecho se mezclaba con el sonido lejano de las piezas de ajedrez chocando entre sí.

—¿Tenés canela? —preguntó Lailah, revisando el estante con dedos inquietos.

Esther negó con la cabeza, sin mirar. Estaba concentrada en la forma en que Jordan se inclinaba sobre el tablero, en cómo Saúl lo observaba sin apuro.

—Voy al milk bar —dijo Lailah, ya buscando su abrigo. No era una necesidad urgente, pero algo en ella pedía salir. Tal vez el aire, tal vez el silencio entre Esther y ella, que se había vuelto demasiado cómodo.

Esther asintió sin hablar. Se quedó junto a la ventana, mirando cómo Lailah cruzaba la calle con paso firme. En la mesa del salón, Saúl movía su alfil. Jordan se rascaba la nuca. El café burbujeaba en la cafetera. El aceite estaba listo.

Entonces, sin que nadie lo notara, las preguntas comenzaron a brotar.

¿Cuándo fue que empecé a esperarlo sin saberlo?

¿Por qué me sigue mirando como si aún no supiera quién soy?

¿Y si nunca me pregunta lo que de verdad importa? ¿Si se queda en la superficie, en los gestos, en los silencios?

¿Qué ve en mí cuando no estoy hablando? ¿Qué recuerda de nosotros cuando no hay palabras?

¿Y si lo que compartimos no alcanza para sostenernos? ¿Si lo que nos une es más memoria que deseo?

¿Estoy dispuesta a quedarme si él no se acerca? ¿A seguir sirviendo café mientras él juega a no perder?

El aceite comenzó a humear. Esther se movió con lentitud, como si cada gesto fuera una forma de no responderse.

La puerta se abrió con un sonido leve, casi tímido. Lailah volvió con la bolsita de papel en la mano, la canela adentro, el rostro sereno. Esther no se movió. La miró entrar como si no supiera si había pasado un minuto o una hora.

Las preguntas quedaron flotando, sin respuesta. No había tiempo para pensarlas ahora. El aceite estaba listo. El café también. Saúl y Jordan seguían en su partida, ajenos al temblor que había cruzado la cocina.

Lailah dejó la canela sobre la mesa, se arremangó en silencio y volvió a la masa. Esther la imitó. Ninguna dijo nada.

El olor a café, a aceite caliente, a canela recién abierta, llenó la casa como si fuera una respuesta distinta. No la que Esther esperaba. Pero una que, por ahora, bastaba.Saúl y Jordan terminaron la partida.

No importaba quién había ganado— aunque, por primera vez, Jordan logró hacer tablas con él.

Entraron al área donde Lailah y Esther estaban terminando de freír los churros. El aceite aún chisporroteaba, y el aroma dulce comenzaba a llenar el aire.

Jordan, sin ceremonias, preguntó:

—¿Ya está listo el chocolate?

Lailah y Esther se miraron.

Y comenzaron a reír.

La tensión se había roto.

Esther, aún con la espumadera en la mano, murmuró como si pensara en voz alta:

"A veces basta una pregunta simple para que el alma se acuerde de reír."

Saúl no dijo nada, pero se permitió sonreír.

Lailah le ofreció a Jordan el primer churro, como si fuera un trofeo silencioso.

Capítulo 15 — Retratos del destino

El viento soplaba con suavidad entre los árboles del parque. Jordan llegó primero, las manos en los bolsillos, la mirada perdida entre los reflejos dorados del atardecer. No era solo un encuentro. Era un momento clave: tenía que contarle a Lailah sobre su decisión. Una decisión que lo hacía sentirse más vivo que nunca.

Cuando la vio acercarse, la sonrisa que se dibujó en su rostro fue inevitable. Ella tenía ese efecto en él, como si con su sola presencia todo se volviera más claro.

—Llegaste justo a tiempo —dijo, inclinando la cabeza con esa mezcla de alivio y emoción.

—¿Tiempo para qué? —preguntó ella, con una sonrisa curiosa.

Jordan se pasó una mano por el cabello antes de soltarlo, sin rodeos:

—Voy a estudiar periodismo.

Lailah parpadeó. Su expresión cambió a una mezcla de sorpresa y admiración.

—¿En serio? —Su voz sonó genuinamente emocionada—. ¡Jordan, eso es increíble!

Él asintió, sintiendo el peso de sus palabras flotando entre ambos.

—No puedo dejar de pensar en mi padre. Todo lo que encontré en el altillo... su pasión por escribir, su visión del mundo... —Exhaló, mirándola con intensidad—. Es como si todo me estuviera diciendo que este es el camino que debo seguir.

Lailah se cruzó de brazos, mirándolo con una ternura que él no esperaba.

Jordan frunció ligeramente el ceño, su curiosidad despertándose de golpe.

—¿Cuál?

Lailah sonrió antes de responder, su voz tranquila, pero con una convicción que no dejaba dudas:

—Voy a estudiar fotografía.

Por un instante, las palabras quedaron suspendidas en el aire. Luego, como una chispa encendiendo una mecha, algo se activó en la mente de Jordan. Su madre. Su padre. Un carrete de negativos desperdigado sobre la mesa, los recortes de periódico cuidadosamente apilados, la vida atrapada en imágenes y palabras. Su risa llegó antes de que pudiera pensar en contenerla. No era burla, no era incredulidad. Era alegría. Pura y repentina.

—¿Fotografía...? —repitió, como si la palabra acabara de adquirir un nuevo significado para él.

Lailah lo miró con un destello de diversión en los ojos.

—Sí... ¿te sorprende?

Jordan negó con la cabeza, aunque su sonrisa seguía ahí, incontenible.

—Un poco, sí.

No era solo coincidencia. Era conexión. Una que nunca había buscado, pero que, en ese instante, se sintió como si siempre hubiera estado ahí, esperando ser descubierta.

—¿Fotografía? —repitió de nuevo, saboreando la palabra.

Ella asintió, bajando la mirada un instante antes de volver a encontrar la suya.

—Siempre me ha fascinado capturar momentos, mirarlos desde un ángulo único... Y cuando me hablaste de lo que encontraste sobre tus padres, sentí que era una señal. Algo que tenía que hacer.

El silencio entre ellos no fue incómodo. Fue denso, cargado de significado.

Jordan soltó una breve risa, negando con la cabeza.

—No puede ser casualidad.

Lailah mordió su labio inferior, como si ella también intentara darle sentido a lo que acababa de pasar.

—Quizás no lo sea.

Jordan la observó con una certeza que no había sentido antes. Tal vez todo esto sí estaba escrito en algún lado: en el viento que movía las hojas, en los recuerdos del altillo, en la forma en que ella lo miraba ahora.

Sin pensarlo demasiado, tomó su mano con suavidad.

—Entonces, hagamos un trato —dijo con un tono ligero, aunque cargado de significado—. Yo contaré las historias. Y tú las vas a capturar.

Lailah apretó suavemente su mano en respuesta. Sus ojos brillaban con algo nuevo.

—Trato hecho.

El sol bajó un poco más, tiñendo el cielo de tonos cálidos, como si el universo mismo celebrara el destino que acababa de unirlos.

—Quiero que vengas a mi casa —dijo Lailah, de repente.

Jordan levantó la mirada, sorprendido por la invitación inesperada.

—¿Quieres que vaya a tu casa?

Lailah sonrió con un aire de confianza, como si la decisión ya estuviera tomada.

—Quiero que veas mi trabajo. No quiero que pienses que solo te digo lo que quieres escuchar. Quiero que lo veas por ti mismo.

La seriedad en su voz hizo que Jordan sintiera un latido más fuerte en el pecho. Esto significaba algo. No era solo una charla sobre aspiraciones. Era una muestra de quién era ella, realmente.

—Me encantaría —respondió él, con una mezcla de curiosidad y emoción.

Mientras caminaban juntos, la conversación fluyó con una ligereza que contrastaba con la profundidad del momento. Era una invitación a su mundo, a algo íntimo. Algo que no cualquiera podía ver.

—¿Y tus padres? —preguntó Jordan, con tono cuidadoso.

Lailah soltó una breve risa.

—No se van a asombrar de que lleve a un amigo a casa. Ya los conocerás.

Jordan notó la seguridad en sus palabras. No había dudas, ni miedo, ni necesidad de justificaciones. Ella sabía lo que quería. Y estaba abriéndole un espacio en su vida.

Cuando llegaron a la puerta, Lailah se giró hacia él con un gesto juguetón.

—No esperes algo espectacular. Pero espero que lo que veas te diga quién soy, de verdad.

Jordan sostuvo su mirada con una sonrisa.

—Eso es justo lo que quiero ver.

Ella abrió la puerta, y mientras cruzaban el umbral, él sintió que algo trascendental estaba en marcha. No era solo una visita. Era el inicio de un nuevo capítulo en su historia juntos.

Lailah lo miró, más seria que antes.

—¿De verdad lo dices?

—Más que nunca.

Ella asintió. Lentamente, como si cada segundo pesara con decisión.

Y entonces, la habitación —su refugio, su caos, su laboratorio visual— se convirtió en una promesa.

Capítulo 16 – Revelado en sombras suaves

La habitación de Lailah estaba parcialmente a oscuras, iluminada solo por la luz tenue que entraba desde el pasillo y una pequeña lámpara de escritorio cuya pantalla naranja arrojaba un resplandor cálido. El aire olía a papel, tinta y algo indefinible: la presencia de las cosas que han sido pensadas pero aún no dichas.

Jordan se detuvo en el umbral, como si cruzarlo implicara algo más que entrar. Observó los bordes del cuarto: una pila de libros inclinada como si estuviera a punto de caer, una taza con pinceles secos, una cortina que se movía apenas con la brisa. Todo parecía tener una historia.

—No dejes que el caos te distraiga —dijo ella, pasando con rapidez una pila de ropa que cubría el respaldo de una silla. Jordan sonrió; el desorden no le molestaba. Al contrario, le parecía encantadoramente real.

—Me gusta. Es como si todo estuviera en proceso —respondió, sin dejar de mirar. Sobre una repisa, varios marcos sostenían fotos en blanco y negro. Y en la pared, una cuerda colgaba con broches de madera que sujetaban tiras de contacto, negativos revelados y papeles fotográficos húmedos aún goteando sobre una bandeja metálica. El olor a químicos era tenue, pero presente.

—¿Tú hiciste todo esto? —preguntó Jordan, acercándose con cuidado.

—Sí —respondió ella, acomodando una de las bandejas con guantes oscuros—. Algunas son trabajos del curso, otras las hice por impulso. Cuando no puedo poner en palabras algo, lo busco en luz y sombra.

Jordan se detuvo ante una imagen: un anciano sentado solo en un banco del parque, la sombra de un árbol proyectándose como alas sobre su espalda.

—Este... este parece que está esperando algo que nunca va a llegar. —Su voz salió baja, sin querer arruinar el silencio que lo envolvía.

Lailah lo miró, sorprendida por la precisión.

—Eso pensé cuando lo vi, pero no sabía cómo decirlo.

Jordan giró hacia ella, más cerca de lo que había planeado.

—Tu forma de mirar es única. Ves cosas que otros ignoran.

—Y tú sabes nombrarlas —dijo Lailah—.
A veces, eso es lo más difícil.

Ambos callaron, pero era un silencio
fértil. Lailah caminó hacia un estante y
sacó una caja de cartón forrada en papel
kraft. La colocó sobre la cama.

—Hay una serie que no le mostré a
nadie. Ni siquiera a Esther.

Jordan se sentó despacio, mientras ella
abría la tapa. Dentro, cuidadosamente
apiladas, había fotografías en formato
cuadrado. Todas en blanco y negro.
Todas con el mismo tema: calles de
Balaclava al amanecer, ventanas
abiertas con cortinas agitadas por el
viento, huellas en la acera húmeda,
detalles de una ciudad que empezaba a
despertar.

—Balaclava en silencio —dijo ella,
apenas un susurro—. Como si la ciudad
tuviera secretos.

Jordan pasó los dedos por los bordes del
papel, sin tocarlas.

—¿Tomaste esto sola? ¿A esa hora?

—Sí. Me levantaba antes que nadie. No
quería que hubiera ruido. Solo luz y
sombra.

Entre las últimas copias, una imagen lo
detuvo. No era como las demás. Era él,
montado en su bicicleta, la canasta
trasera cargada de periódicos, captado

en un giro fugaz por Carlisle Street. La luz inclinada del amanecer recortaba su silueta, como si el día comenzara solo en ese encuadre.

—¿Y esta? —preguntó con voz baja, casi incrédula.

Lailah dudó un instante, luego sonrió sin levantar la mirada.

—Antes de conocerte. Solo me llamaba la atención cómo recorrías la ciudad... como si supieras algo que los demás aún no.

Jordan se quedó mirando la imagen, sin palabras, sintiendo —por primera vez— que alguien había leído su silencio.

—Esto... es una narrativa visual. Lo que tú haces es poesía muda.

Ella se sonrojó un poco, bajando la mirada.

—Tal vez. Pero hasta ahora, nadie me lo había dicho así.

Jordan levantó una de las fotos y la sostuvo a contraluz. La luz atravesó el papel, proyectando sombras suaves sobre la pared.

—¿Sabés qué veo? —dijo, sin dejar de mirar—. Que esto no es solo tu mundo. Es una invitación.

Lailah lo observó, sin hablar.

—Tenemos que hacer algo con esto —
dijo de pronto—. Un proyecto. Voz y
mirada. Juntos.
Lailah lo miró, más seria que antes.
—¿De verdad lo dices?
—Más que nunca.
Ella asintió. Lentamente, como si cada
segundo pesara con decisión.
Y entonces, la habitación —su refugio, su
caos, su laboratorio visual— se convirtió
en una promesa.

Capítulo 17– Cambio de estación

El año lectivo estaba a punto de terminar, y con él comenzaban a dibujarse nuevos sueños. Pero antes, quedaba una última escena por vivir: la celebración de fin de curso. No era una graduación compartida —Jordan y Lailah no habían asistido a la misma escuela—, pero aquella noche de gala parecía unirlos en una misma página. Claro que eso solo ocurriría si él aceptaba ser su acompañante.

El viento jugaba con las hojas secas que cubrían los senderos de Caulfield Park. Lailah caminaba despacio, su cámara colgada del cuello, capturando instantes de luz entre los árboles. Jordan, unos pasos detrás, la observaba con una sonrisa.

—¿Sabes? —dijo ella de pronto, bajando la cámara—. Este parque ha sido testigo de tantas cosas.

Jordan arqueó una ceja, curioso.

—¿A qué te refieres?

Lailah giró la cámara en sus manos antes de responder.

—A nosotros. A los días en que solo éramos dos desconocidos compartiendo espacio sin saber que algún día tendríamos una historia juntos.

Jordan dejó escapar una pequeña risa.

—¿Me estás diciendo que el parque nos ha estado observando todo este tiempo?

—No exactamente —respondió ella, con una sonrisa traviesa—. Pero cada foto que tomo aquí me recuerda que las cosas cambian.

Jordan miró el lago por un momento, absorbiendo la idea.

—Cambio... suena como el tema perfecto para un artículo.

—Y hablando de cambios —continuó ella, deteniéndose justo frente a él—, la graduación está aquí.

Jordan ladeó la cabeza.

—Sí, lo está.

—Y la fiesta de graduación también —agregó Lailah.

Jordan la miró con diversión, sintiendo que estaba a punto de llegar a un punto clave.

—Déjame adivinar. ¿Vas a intentar convencerme de que vaya?

Lailah cruzó los brazos y fingió un suspiro de exasperación.

—Convencerte es demasiado trabajo. Prefiero darte la opción de hacerlo por ti mismo.

Jordan rió.

—¿Qué opción exactamente?
Lailah jugó con el borde de su manga antes de hablar.
—Quiero que seas mi acompañante esa noche.
El sonido del parque pareció apagarse por un instante. Jordan la miró, capturando la seriedad en sus ojos. No era una pregunta casual; era una invitación que llevaba algo más consigo.
—¿Me estás pidiendo que deje mi artículo y el helado para vestirme de traje y... bailar?
Lailah sonrió, inclinando la cabeza con un gesto divertido.
—Exactamente.
Jordan exhaló, como si estuviera considerando todas las posibilidades.
—Si te digo que no sé bailar...
Lailah chasqueó los dedos con seguridad.
—Voy a fingir que no escuché eso.
Jordan rió, observándola por un largo segundo antes de asentir.
—Está bien. Te acompañaré.
Lailah dejó escapar una sonrisa satisfecha.
—Sabía que aceptarías.
El viento agitó las ramas sobre ellos, y Jordan se dio cuenta de que este momento quedaría grabado en su

memoria como uno de esos instantes que marcan el fin de una etapa y el comienzo de otra.

Y como tantos otros proyectos que nacen entre palabras y promesas, quizás no llegaría a concretarse. Pero eso no le quitaba verdad al instante.Jordan la miró con diversión, sintiendo que estaba a punto de llegar a un punto clave.

—Déjame adivinar. ¿Vas a intentar convencerme de que vaya?

Lailah cruzó los brazos y fingió un suspiro de exasperación.

—Convencerte es demasiado trabajo. Prefiero darte la opción de hacerlo por ti mismo.

Jordan rió.

—¿Qué opción exactamente?

Lailah jugó con el borde de su manga antes de hablar.

—Quiero que seas mi acompañante esa noche.

El sonido del parque pareció apagarse por un instante. Jordan la miró, capturando la seriedad en sus ojos. No era una pregunta casual; era una invitación que llevaba algo más consigo.

—¿Me estás pidiendo que deje mi artículo y el helado para vestirme de traje y... bailar?

Lailah sonrió, inclinando la cabeza con un gesto divertido.

—Exactamente.

Jordan exhaló, como si estuviera considerando todas las posibilidades.

—Si te digo que no sé bailar...

Lailah chasqueó los dedos con seguridad.

—Voy a fingir que no escuché eso.

Jordan rió, observándola por un largo segundo antes de asentir.

—Está bien. Te acompañaré.

Lailah dejó escapar una sonrisa satisfecha.

—Sabía que aceptarías.

El viento agitó las ramas sobre ellos, y Jordan se dio cuenta de que este momento quedaría grabado en su memoria como uno de esos instantes que marcan el fin de una etapa y el comienzo de otra.

Capítulo 18 – Preparativos para la gran noche

Jordan había aceptado acompañar a Lailah a la graduación, pero ahora venía la parte complicada: prepararse para ello. Nunca había sido de los que se preocupaban demasiado por su apariencia, pero aquella noche parecía tener un peso distinto. No era solo una fiesta. Era una especie de rito, un gesto que decía: estoy aquí, y esto importa.

—No tienes que hacer nada exagerado, ¿sabes? —dijo Lailah mientras revisaban opciones de traje en una tienda del centro.

Jordan levantó una chaqueta con dudas.

—¿Así que nada de esmoquin con pajarita?

Ella negó con la cabeza, sonriendo.

—Definitivamente no. Solo quiero que te sientas cómodo... aunque un poco de esfuerzo no te haría daño.

Jordan rió, dejando la chaqueta de vuelta en su sitio.

—Sabes que esto está totalmente fuera de mi zona de confort, ¿no?

—Lo sé —respondió ella, con una mirada cómplice—. Pero ahí está la gracia.

La tienda tenía un aire de ceremonia contenida: espejos altos, luces suaves, perchas alineadas como soldados en espera. Jordan se detuvo frente a uno de los espejos, observando su reflejo con una mezcla de curiosidad y incomodidad. Se imaginó entrando al salón, buscando a Lailah entre la multitud, sintiendo que todos los ojos lo miraban sin saber por qué.

—¿Y si parezco alguien que no soy? —preguntó, sin girarse.

Lailah se acercó, apoyando una mano en su hombro.

—Entonces elegí algo que te recuerde quién sos. No se trata de disfrazarse. Se trata de marcar el momento.

Al final, Jordan eligió un traje sencillo pero elegante. Nada ostentoso. Solo lo suficiente para que, cuando se viera en el espejo, no sintiera que estaba demasiado lejos de sí mismo.

Mientras pagaban, Lailah sacó de su bolso una pequeña caja.

—Tengo algo para vos —dijo, entregándosela sin ceremonia.

Jordan la abrió con cuidado. Dentro, una corbata azul oscuro, con un patrón casi imperceptible de líneas diagonales.

—Es de mi padre —dijo ella—. La usó en su graduación. Pensé que te quedaría bien.

Jordan la sostuvo entre los dedos, sintiendo el peso leve pero simbólico de la tela.

—Gracias. Es... más de lo que esperaba.

—Es solo una corbata —respondió Lailah, pero su voz tenía una vibración distinta.

Salieron de la tienda con bolsas livianas y pensamientos densos. El sol comenzaba a caer, tiñendo las vidrieras de tonos dorados. Jordan caminaba en silencio, la caja en la mano, como si llevara algo más que un accesorio.

—¿Estás nervioso? —preguntó ella, sin mirarlo.

—Un poco —admitió él—. Pero también tengo ganas de que llegue.

Lailah sonrió.

—Eso es lo mejor que se puede sentir antes de una gran noche.

Capítulo 19 – Una noche hecha de reflejos

Jordan exhaló lentamente, ajustando el nudo de su corbata con manos temblorosas antes de golpear la puerta. La tela del saco le resultaba extraña, como si no terminara de encajar en su piel. No era solo incomodidad: era la sensación de estar cruzando un umbral.

Detrás de él, el Ford A de Giuseppe brillaba bajo la luz del farol, impecable tras horas de esmero. Cada detalle pulido, cada reflejo sobre la carrocería hablaba del orgullo que su amigo sentía por aquella reliquia sobre ruedas. Giuseppe permanecía dentro, observando con una sonrisa, consciente de los nervios de Jordan y del peso simbólico de esa noche.

El golpe resonó en el aire nocturno. Por un instante, el silencio se instaló como una pausa ritual. Jordan se preguntó si estaba listo para lo que venía.

La puerta se abrió.

Lailah apareció bajo la luz dorada de la entrada, su vestido cayendo en ondas perfectas, reflejando cada matiz de la noche. Su cabello, cuidadosamente arreglado, enmarcaba su rostro con un resplandor natural, y sus ojos brillaban con una emoción contenida, como si también estuviera cruzando un umbral.

Jordan se quedó inmóvil. El mundo pareció reducirse a un solo instante, donde todo lo demás se desvanecía. Su pulso se aceleró, y por un segundo, olvidó cómo respirar.

—¿Te vas a quedar ahí toda la noche? —dijo Lailah con una sonrisa traviesa.

Jordan parpadeó, recuperó el aliento y esbozó una sonrisa lenta.

—Podría hacerlo —respondió en voz baja—, pero creo que tenemos una graduación a la que ir.

Ajustó el borde del saco antes de hablar, como si necesitara afianzar su seguridad.

—Nos llevará Giuseppe hasta la recepción.

Lailah parpadeó, sorprendida, y ladeó la cabeza con una sonrisa incrédula.

—¿Giuseppe? ¿El de la pizza?

Jordan soltó una risa, afirmando con la cabeza.

—El mismo. Y, por supuesto, su viejo Ford A, reluciente como si fuera parte de la celebración.

Lailah se cruzó de brazos, fingiendo duda.

—¿Reluciente? ¿Eso significa que por fin lo limpió?

Jordan sonrió y extendió una mano hacia ella.

—Lo suficiente como para que sea el carruaje perfecto para esta noche. ¿Confiás en mí?

Lailah observó la mano extendida y, tras un breve instante, la tomó con suavidad.

—Siempre

El coche de Giuseppe se detuvo frente a la recepción. Desde el asiento del conductor, observó cómo Jordan descendía y se ajustaba la chaqueta, como si el momento requiriera una precisión absoluta.

La puerta del salón se abrió, y ahí estaba ella.

Lailah, envuelta en la luz dorada del atardecer, con su vestido reflejando cada matiz de la hora. Jordan se quedó inmóvil por un instante, un suspiro detenido en su pecho. Era más hermosa de lo que jamás la había visto, como si esa noche le perteneciera por completo.

Desde el auto, Giuseppe sonrió con complicidad. Había cumplido su misión: llevarlos hasta allí. Ahora, era su historia la que se desarrollaba. Sin bajar del coche, los observó cruzar juntos el umbral.

La atmósfera en la recepción era una mezcla de elegancia y emoción contenida. La luz tenue de los candelabros proyectaba reflejos dorados sobre las copas alineadas en las mesas, y el murmullo de las conversaciones se entrelazaba con la melodía suave de un piano flotando en el fondo.

Cuando Jordan y Lailah cruzaron el umbral, un instante de silencio se instaló en el salón, como si el tiempo se suspendiera. Luego, las miradas se iluminaron, las sonrisas se expandieron, y el aire se llenó de murmullos admirativos. Había algo en ellos —en la elegancia de Jordan y la radiante presencia de Lailah— que transformaba el momento en una escena digna de ser recordada.

Mientras los meseros se deslizaban entre las mesas, el aroma de vino y flores frescas llenaba el ambiente. La noche prometía convertirse en un recuerdo inolvidable.

Entre murmullos y risas, dos figuras emergieron de la multitud: Saúl y Esther.

Saúl, con su porte seguro, llevaba un traje azul marino impecable. Su reloj dorado brillaba bajo las luces como un detalle imposible de ignorar.

Su cabello oscuro estaba perfectamente peinado, y una sonrisa sutil se formó en sus labios al verlos acercarse. A su lado, Esther deslumbraba con un vestido color esmeralda que realzaba la calidez de su piel. Su cabello con un tono azulado caía en ondas suaves sobre los hombros, y sus ojos reflejaban una chispa de emoción contenida.

Al cruzar miradas, Saúl abrió los brazos con camaradería.

—¡Jordan! ¡Lailah! Justo estábamos apostando cuánto tardarían en llegar.

Esther sonrió, inclinando levemente la cabeza.

—Y mirá quién ha decidido robarse la noche. Lailah, te ves absolutamente radiante.

Lailah soltó una risa suave y devolvió el cumplido con complicidad.

—Vos también estás espectacular. Ese vestido es simplemente perfecto para vos.

Esther inclinó la cabeza con gratitud, sonriendo aún más.

Jordan, aún estrechando la mano de Saúl, lo observó con admiración genuina.

—Y tú, Saúl... no esperaba menos. Tenés ese don de verte impecable.

Saúl soltó una risa breve, ajustando el borde de la chaqueta con fingida despreocupación.

—Bueno, hay que estar a la altura, ¿no? Aunque esta noche ustedes son la verdadera atracción.

El intercambio fue ligero, envuelto en la calidez de una amistad profunda. Los cuatro compartieron un instante fugaz de reconocimiento, donde las palabras no solo celebraban la ocasión, sino también la historia que los unía.

La música cambió a una melodía más lenta. Lailah lo miró con expectación.

—Bueno, vos me dijiste que no sabías bailar —dijo, tomando suavemente su mano—. Pero lo bueno de la graduación es que nadie juzga demasiado.

Jordan la observó. Sus dedos entrelazados con los de ella. La cercanía que en cualquier otro momento le habría intimidado, ahora parecía inevitable.

—Lo intentaré —dijo, y sin más, la siguió al centro de la pista.

Al principio, sus pasos fueron torpes. Lailah rió más de una vez cuando él pisó ligeramente su pie, pero nunca soltó su mano.

—Mirá, solo sentí el ritmo —susurró ella.

Jordan inhaló, concentrándose más en ella que en la música. Y entonces, sin darse cuenta, sus movimientos se volvieron más naturales. No eran perfectos, pero eran ellos.

Cuando levantó la vista y la vio sonriéndole con genuina felicidad, supo que esa noche no solo celebraban la graduación. Celebraban algo más. Celebraban ellos.

Celebraban lo que aún no habían puesto en palabras, pero que ya era un hecho.

El ritmo pausado de la música envolvía el salón, convirtiendo cada movimiento en un instante suspendido. Jordan sintió la calidez de Lailah contra él, su respiración acompasada, la suavidad de su mano posada sobre su nuca.

No hubo palabras. Solo la comunicación silenciosa de dos cuerpos que, sin esfuerzo, habían encontrado su propio lenguaje.

La cercanía no era incómoda. Era natural, inevitable, como si todo lo que habían vivido los hubiera llevado justo hasta ahí.

Lailah cerró los ojos por un instante y sintió una vibración extraña recorrer su piel, una emoción desconocida que se instaló en su pecho: inquietante y hermosa a la vez.

Jordan lo percibió —en la forma en que su cuerpo se tensó levemente antes de relajarse contra él.

El mundo siguió girando a su alrededor. Los murmullos quedaban lejos.

Pero para ellos, en ese instante, no existía nada más

Capitulo 20-La mar serena

El auto avanzaba por la ciudad en
silencio, dejando atrás el bullicio de la

fiesta de graduación. Para su sorpresa, el padre de Lailah había dispuesto un coche con chofer para que pudieran recorrer la ciudad y prolongar la magia de la velada.

Jordan y Lailah intercambiaban miradas ocasionales, aún sintiendo la energía de la noche en sus cuerpos. La ciudad parecía distinta bajo las luces cálidas, como si supiera que estaban cerrando un capítulo importante.

—¿Podemos ir al muelle de St Kilda? —preguntó Lailah de repente, apoyando la cabeza contra el respaldo del asiento.

El chofer asintió sin preguntar demasiado. La noche estaba demasiado hermosa como para negarse a algo así. Al llegar, el aire salado los envolvió, y la suave brisa marina trajo consigo el sonido de las olas rompiendo contra la orilla. Lailah se quitó los zapatos y caminó hacia la pasarela de madera, sintiendo la calidez aún atrapada en la superficie del suelo. Jordan la siguió, observándola en silencio.

La felicidad flotaba en el ambiente, pero había algo más. Algo tranquilo. Algo íntimo.

—¿Sabés? —dijo ella finalmente—. Siempre imaginé que mi graduación terminaría así. No en una fiesta, sino acá, en la noche, con alguien que realmente importara.

Jordan la miró con una sonrisa leve.

—No creo que hubiera una mejor manera.

Se quedaron allí, observando las luces distantes reflejadas en el agua. No había prisa, ni ruido, ni necesidad de llenar el silencio con palabras. Solo el murmullo del mar y el peso de lo que acababan de vivir.

Caminaron despacio sobre la madera crujiente del muelle, dejando atrás el bullicio apagado del restaurante. El chofer los esperaba a lo lejos, junto al auto, pero ellos no tenían prisa. El aire salado les acariciaba la piel, tibio y húmedo, y el ritmo de las olas marcaba el paso como una canción sin letra.

Entonces, sin decir palabra, Jordan comenzó a silbar.

La melodía emergió clara, suspendida en el aire salino: Bridge Over Troubled Water. Pero no era un simple silbido; era preciso, hondo, lleno de una ternura inesperada.

Lailah se detuvo, como si algo dentro de ella hubiera dado un paso atrás para observar. Nunca lo había escuchado así. La melodía parecía formar parte de la brisa, como si el mar la hubiese estado esperando.

—Jordan... —murmuró, apenas audible entre las ráfagas.

Él seguía, absorto, la mirada perdida en el horizonte donde las luces se mezclaban con el agua. Cuando se dio cuenta de su silencio, giró hacia ella con una sonrisa ligera, casi como un niño sorprendido haciendo algo que le sale sin pensar.

—¿Qué pasa?

—No sabía que podías hacer eso —dijo ella, con una mezcla de asombro y algo más difícil de nombrar.

—Siempre lo he hecho —respondió encogiéndose de hombros—. Pero creo que nunca lo habías notado.

Lailah no dijo nada más. No hacía falta. Sabía, en lo más profundo, que esa noche —con su despedida contenida, con ese instante robado al tiempo— se quedaría con ella para siempre.

Porque a veces lo inolvidable no hace ruido.

Solo silba, suave, frente al mar.

Siguieron andando. El silbido se fue apagando, como si se disolviera entre las olas.

A medio camino hacia el auto, algo en ella se desbordó. Se detuvo. Lo tomó por sorpresa.

—Esperá —murmuró.

Se puso de puntas, colocó lentamente los brazos alrededor de su cuello, y sin más, se hundió en un beso que no pedía permiso. Fue profundo, prolongado, como si quisiera atrapar el instante antes de que el mundo volviera a moverse.

Jordan la sostuvo sin decir palabra, como si supiera que ese gesto era la única forma verdadera de decir "gracias", o tal vez "no te olvides".

Porque a veces lo inolvidable no hace ruido.

Solo silba, suave...

y besa, frente al mar.

Capítulo 21 – El día después

Jordan exhaló, pateando suavemente una piedra del suelo mientras pensaba en su respuesta. Una leve sonrisa comenzaba a dibujarse en sus labios, como si los recuerdos de la noche anterior tomaran vida al recordarlos. Saúl lo observó de reojo y, sin rodeos, lanzó la pregunta con la naturalidad de quien conoce bien a su amigo.

—Entonces... ¿qué pasó anoche?

Jordan giró el vaso de café entre sus manos, la sonrisa aún presente.

—Fue idea de Lailah. Su padre nos alquiló un auto con chofer para dar vueltas por la ciudad, y así terminamos en el muelle de St Kilda.

Saúl levantó las cejas, sorprendido.

—¿Un auto con chofer? Vaya, sí que tuvieron un cierre de lujo.

Jordan rió entre dientes, moviendo el vaso entre sus dedos.

—Sí, no me lo esperaba. Pero la noche estaba perfecta, cálida, con esa sensación de que todavía quedaba algo más por vivir.

Saúl asintió, entendiendo.

—Y así terminaron en St Kilda.

Jordan exhaló, recordando el momento.

—Exacto. Caminamos hasta el muelle, y ahí... todo tomó otro ritmo.

Saúl lo observó con una sonrisa astuta.

—Déjame adivinar, fue ahí donde pasó algo más.

Jordan miró hacia la calle por un instante antes de responder, su sonrisa volviéndose más profunda.

—Sí.

Saúl soltó una carcajada ligera.

—Sabía que esta conversación tenía un desenlace interesante.

Jordan negó con la cabeza, divertido.

—No fue algo planeado, solo... sucedió.

Saúl le dio un golpe ligero en el brazo.

—Eso es lo mejor.

Jordan bajó la mirada un instante antes de continuar.

—Nos quedamos un rato en la pasarela, mirando el agua. Hablamos de la graduación, de cómo todo está cambiando, de lo que sigue...

Saúl hizo un gesto como si estuviera juntando todas las piezas en su mente.

—¿Y después?

Jordan dejó escapar una leve risa.

—No sé, en algún momento me puse a silbar.

Saúl arqueó una ceja, intrigado.

—¿Silbaste?

Jordan asintió.

—Sí, Bridge Over Troubled Water.

Saúl parpadeó.

—Ok, eso fue inesperado.

Jordan rió.

—Lo sé. Pero Lailah... la manera en que me miró, como si estuviera escuchando algo más que un simple silbido... fue diferente.

Saúl sonrió, satisfecho.

—Ese es el tipo de reacción que lo cambia todo.

Jordan asintió, sintiendo que cada vez que hablaba de la noche, algo más se acomodaba en su mente, como si aún estuviera entendiendo lo que había sucedido.

Saúl lo miró fijamente por un segundo y después preguntó, con una sonrisa ladeada:

—Entonces, ¿qué pasó después?

Jordan dejó escapar otra pequeña risa y negó con la cabeza.

—Lo que tenía que pasar.

Saúl alzó las manos, riendo.

—¡Finalmente!

Jordan miró al tranvía en la calle, el sol proyectando sombras largas sobre el pavimento, y supo que, aunque la conversación con Saúl había terminado, la historia que estaba viviendo apenas comenzaba.

Le dio un sorbo a su café y luego se giró hacia Saúl con una mirada más curiosa.

—¿Y vos? ¿Cómo estuvo tu noche?
Saúl dejó escapar una sonrisa que lo delataba.
—Digamos que tuvo sus propios momentos.
Jordan arqueó una ceja, interesado.
—Eso significa que hay algo que no me estás contando.
Saúl rió, sacudiendo la cabeza.
—No todo de golpe, amigo. Voy a hacerte sufrir un poco.
Jordan negó con la cabeza, divertido.
—Bien, entonces tenemos más café por delante.

Estaban sentadas en el banco de siempre, ese que daba al lago del parque, con las piernas cruzadas y los cafés medio tibios entre las manos. El sol de la tarde les daba en los párpados, obligándolas a entrecerrar los ojos.
—Bueno... ¿y tú? —preguntó Lailah, después de un silencio cómodo—. ¿Cómo terminó tu noche?
Esther sonrió con esa expresión suya, entre cómplice y traviesa.
—Con un beso.
Lailah arqueó las cejas, divertida pero no sorprendida.
—¿De Saúl?

—¿De quién más? —respondió Esther, como si fuese obvio—. Después de la fiesta salimos a caminar. Yo terminé descalza, haciendo equilibrio por los bordes de las veredas... él venía detrás, con esa cara de "¿esto es legal?"

Lailah rió.

—Pobre. Lo sacás de su manual de instrucciones y se le caen las páginas.

—Sí, pero se quedó. Fuimos hasta el parque, puse los pies en el agua del lago. Grité que era libre. Fue un poco ridículo y un poco épico.

—Eso suena muy tuyo.

—Y él... solo me miraba. Como si no supiera si reírse o invitarme a terapia.

—¿Y el beso?

—En la puerta de mi casa. Se quedó parado ahí, con las manos en los bolsillos, diciendo algo como "gracias por esta noche" en voz baja, todo solemne. Así que lo besé.

Lailah la miró, enternecida.

—Claro. ¿Qué otra cosa ibas a hacer?

—¡Exacto! Fue corto. Pero... fue sincero. Me reí, le dije que no exagerara, que era solo un beso, que no le estaba pidiendo matrimonio.

Esther se quedó en silencio un segundo.

—Pero Lailah... por más que una diga "solo un beso"... ¿viste cuando algo te queda puesto, como una canción que no querías aprenderte y se te pega igual?

Lailah no respondió enseguida. Tomó un sorbo de su café y desvió la mirada al agua.

—Sí —dijo, finalmente—. Entiendo perfectamente.

Se quedaron en silencio, viendo cómo el viento formaba ondas diminutas sobre el agua, como si la superficie susurrara entre sí sus propios secretos.

Dos historias distintas.

Un mismo eco.

Y ahí, sin planearlo, compartieron algo que no necesitaba palabras: la certeza de que una noche puede bastar para que todo empiece a cambiar.

Capítulo 22 – Fin del verano

El verano se desvanecía lentamente, como un eco lejano de los festejos de fin de año. Los fuegos artificiales que habían iluminado el cielo de la ciudad ya eran apenas un recuerdo disuelto en el humo, perdido entre los edificios y las primeras brisas de marzo.

Las clases en Monash y el VITA (RMIT) estaban por comenzar. En los parques, los últimos grupos de amigos alargaban las tardes, resistiéndose a la rutina que asomaba entre mochilas nuevas y agendas aún en blanco. La ciudad, poco a poco, recuperaba su ritmo habitual, dejando atrás la despreocupación de las vacaciones.

El sol comenzaba a declinar detrás de los árboles, tiñendo de cobre los tejados y las fachadas apagadas de St Kilda. Jordan y Lailah caminaban sin prisa por una calle tranquila, con las manos en los bolsillos y los pensamientos aún sin ordenar.

—Mi tía quiere conocerte —dijo él de repente, como si fuera una frase que le había estado dando vueltas durante días.

Lailah giró la cabeza, sorprendida por el tono más que por el contenido.

—¿Tu tía? ¿Barbara?

—Sí. Le hablé de ti.

—¿Has hablado de mí?

Jordan asintió, mirando al suelo.

—Le conté cómo nos conocimos. Lo del periódico. El golpe. Tu mirada enfadada. Todo eso.

Lailah se llevó un mechón de pelo detrás de la oreja, algo desconcertada.

—¿Y te dijo que quería conocerme solo por eso?

—No exactamente. Me preguntó si tú eras esa chica que me había hecho cambiar el modo de contar las cosas. Le dije que sí.

Caminaron unos metros más en silencio, escuchando el crujido de las hojas bajo sus zapatillas.

—Me dijo que hay gente que merece ser conocida, incluso antes de entender por qué —añadió Jordan—. Y que si ella había empezado a prestar atención cada vez que hablaba de ti, eso significaba algo.

—¿Y tú quieres que vaya?

Jordan se detuvo un momento.

—Quiero que la conozcas porque tú has empezado a formar parte de mi historia. Y ella, aunque no lo parezca, es el principio de casi todo lo que soy.

Lailah se quedó pensativa. No era una invitación cualquiera. No había compromiso, pero sí había intención.

—Está bien —respondió al cabo de unos segundos—. Iré. Me apetece saber de dónde viene todo esto.

Jordan sonrió con esa mezcla de alivio y ternura que no necesita palabras.

El cielo se apagaba poco a poco, y las farolas comenzaban a encenderse, como si el día les diera permiso para seguir caminando un rato más.

Caminaron en silencio. Las luces de las casas comenzaban a encenderse tras las cortinas, como pequeños latidos domésticos. A lo lejos, se oía el murmullo de un tranvía que pasaba, casi como un suspiro de la ciudad.

—Ella vive cerca, en Glen Eira Road —dijo Jordan, rompiendo la calma con suavidad—. En una de esas casas antiguas con ventanales altos y un jardín que parece crecer hacia adentro.

Lailah sonrió, aún sin mirarlo.

—Siempre he pensado que los jardines dicen más de la gente que sus palabras.

Jordan asintió. Sus manos seguían en los bolsillos, pero su voz parecía ahora más firme.

—Cuando era chico, ella decía que las plantas necesitan silencio para crecer. Que por eso nunca ponía música en casa.

—¿Y tú también lo crees?

—No lo sé. Contigo empecé a escuchar cosas que no sabía que estaban ahí.

Lailah se detuvo frente a una verja cubierta de enredaderas. Miró el reflejo de una farola en el vidrio de la puerta.

—¿Crees que le gustará lo que soy?

Jordan se acercó un poco más, sin invadir el espacio.

—Ella no busca que le gustes. Quiere entender lo que te hizo quedarte, aunque sea un rato, en esta parte de mi historia.

Una ráfaga ligera movió las ramas de los árboles, dejando caer algunas hojas doradas.

Lailah las siguió con la mirada, como si estuviera leyendo algo en su caída.

—Entonces está bien —dijo al fin—. La conoceré. Pero quiero que me prometas algo.

—Lo que quieras.

—Que no importa cómo sea esa conversación... tú seguirás contándome las cosas como antes. Con el mismo cuidado.

Jordan sonrió. No prometió con palabras. Pero caminó a su lado, como si ya lo estuviera cumpliendo.

Para Jordan y Lailah, el cambio tenía otro peso. No era solo el fin del verano: era el inicio de caminos que, aunque distintos, compartían la misma pregunta muda sobre el futuro.Jordan observaba su mochila apoyada contra la pared, los libros de periodismo recién comprados apilados sobre el escritorio. En unos días comenzaría su carrera en Monash University, con la cabeza llena de entrevistas, titulares y posibles historias por contar. Le entusiasmaba, sí, pero también lo inquietaba el tamaño real del salto.Lailah, mientras tanto, ajustaba la correa de su cámara frente al espejo. Pronto empezaría su curso de fotografía en VITA, un espacio que esperaba desde hacía tiempo, donde podría explorar ángulos, luces, rostros y escenas atrapadas en un disparo. Era un paso natural para ella, aunque igualmente incierto.La noche anterior se habían encontrado en su café de siempre, ese con las ventanas empañadas y las servilletas arrugadas. Compartieron un silencio cómodo, una taza de despedida no dramática pero sí cargada.

—Se siente raro —dijo Lailah, removiendo lentamente su café con la cuchara.

Jordan asintió, los ojos puestos en la gente que pasaba por la vereda.

—Sí. Como si el tiempo hubiera corrido más rápido que nosotros.

Ella apoyó la barbilla en una mano.

—¿Creés que todo va a cambiar?

Jordan pensó la respuesta, sin apuro.

—No todo... pero lo suficiente como para que lo notemos.

El murmullo de la calle los envolvía mientras observaban a los primeros estudiantes cruzar con paso decidido, mochilas al hombro, libros apretados contra el pecho. Afuera, el verano se retiraba sin apuro, dejando en el aire esa mezcla dulce entre lo que se termina y lo que todavía no empieza.

Era el comienzo de algo nuevo. Y aunque no sabían exactamente cómo sería, estaban preparados para vivirlo.

Antes de irse, Lailah dejó una servilleta doblada sobre la mesa.

Jordan la abrió después, ya solo, y leyó una frase escrita con su letra:

"Contá esta parte también. Aunque sea solo para nosotros."

Capítulo 23 – Sin dudas

La brisa de finales de verano movía suavemente las hojas en la calle, como si la ciudad misma se estuviera preparando para una nueva temporada. El aire tenía ese olor a transición: mezcla de eucalipto, asfalto tibio y promesas que aún no sabían si cumplirse.

Lailah y Jordan caminaban juntos, sus pasos sincronizados, como siempre, pero con una conciencia sutil de que algo estaba por cambiar.

—Nos veremos menos —murmuró Lailah, no como un lamento, sino como una verdad inevitable.

Jordan apretó levemente su mano, dándole un pequeño gesto de certeza.

—Sí. Pero eso no significa que nos veremos menos en lo que realmente importa.

Lailah giró la cabeza, buscando su mirada.

—¿Cómo puedes estar tan seguro?

Jordan sonrió, observando la forma en que el sol se filtraba entre los edificios.

—Porque lo que tenemos no es algo que se desgaste con la distancia o el tiempo.

Lailah dejó escapar un suspiro leve, pero no de preocupación, sino de tranquilidad.

—Eso espero.

Jordan se detuvo, haciendo que ella también lo hiciera.

—No tienes que esperarlo. Ya lo sabes.

Lailah le sonrió, con esa certeza que solo ellos compartían. Era una sonrisa que no pedía explicaciones, que no necesitaba pruebas.

Las clases comenzarían pronto, sus horarios cambiarían, las responsabilidades aumentarían. Pero el amor que los unía no dependía de los días o las horas. Estaba ahí, arraigado, imposible de romper. Como una raíz invisible que crecía bajo cada paso compartido.

Caminaron hasta el final de la calle, donde los árboles formaban una bóveda de sombra y luz. Allí, sin decirlo, se detuvieron.

Jordan sacó del bolsillo una pequeña libreta. No era nueva. Tenía esquinas dobladas, manchas de tinta y una cinta que apenas sostenía las páginas.

—¿La recuerdas? —preguntó, abriéndola por una página marcada.

Lailah asintió. Era la libreta donde, meses atrás, habían anotado frases sueltas, ideas para un viaje que nunca hicieron, nombres de canciones que los acompañaban sin pedir permiso.

También había dibujos torpes, fechas sin contexto, y una lista de lugares que querían visitar "cuando todo se calme". Jordan señaló una línea escrita con su letra:

"Lo que no se dice también nos une."

—La escribiste tú —dijo.

Lailah la leyó en silencio, como si fuera nueva.

—Y sigue siendo verdad.

Se sentaron en el banco de piedra, sin prisa. El sol bajaba lento, dorando los bordes de las cosas. Las sombras se alargaban como si quisieran abrazarlos.

—¿Crees que esto será un recuerdo feliz? —preguntó ella.

Jordan no respondió de inmediato. Cerró la libreta, la guardó, y la miró con esa calma que no necesita palabras.

—Será un recuerdo completo. Eso es más que feliz.

El viento trajo el sonido lejano de una bicicleta, el ladrido de un perro, una risa que no les pertenecía. Todo parecía formar parte de una sinfonía discreta, como si el mundo supiera que debía hablar en voz baja.

Lailah apoyó la cabeza en su hombro.

—Entonces no tengo dudas.

Y por un instante, el mundo pareció detenerse. No para congelar el momento, sino para dejarlo caer suavemente en la memoria, como una hoja que encuentra su lugar en el suelo sin hacer ruido.

Capítulo 24 – Con dudas

La rutina había tejido sus hilos en cada
rincón de sus vidas, sumergiéndolos en
mundos académicos aparentemente
irreconciliables. Por un lado, Jordan
caminaba con determinación por los
pasillos de Monash University, donde
cada clase revelaba los secretos del
reportaje, la redacción y el palpitar
incesante de la actualidad. Por otro,
Lailah se adentraba en el dinámico
universo de TAFE, utilizando su cámara
para descubrir y capturar la esencia
fugaz de un mundo en constante
cambio.
El primer año se había convertido en un
volcán de adaptación. Los días, antes
serenos y predecibles, se transformaron
en jornadas colmadas de tareas,
entregas y clases largas que dejaban
apenas respiro para encuentros sinceros.
Así, lo que era costumbre se convirtió en
un bien escaso, en momentos robados al
vaivén del tiempo.
En medio de uno de esos interludios, en
un parque casi olvidado por el bullicio
del cotidiano, se detuvieron a compartir
un instante de intimidad:

—A veces siento que el ritmo de la rutina nos arrebata el tiempo que podríamos compartir —dijo Jordan, con la voz más baja que de costumbre.

—Lo sé, pero hasta en la prisa, cada mirada y cada palabra se hacen eternas —agregó Lailah, tocando su brazo con suavidad.

Esa conversación, breve pero intensa, se convirtió en un bálsamo para ambos, recordando el valor de lo efímero y lo auténtico.

Más tarde, en la soledad compasiva de una cafetería a horas tardías, el murmullo del café se transformó en testigo de otra de sus confidencias:

—A pesar de la avalancha de entregas, encuentro en ti el impulso para seguir adelante —dijo Jordan, mirando el vapor que se elevaba de su taza.

—Y en cada imagen, vislumbro un futuro donde nuestros sueños se entrelazan, desafiando la distancia —respondió Lailah, con la cámara apoyada sobre la mesa, como si también escuchara.

Los fines de semana les ofrecían un respiro preciado. Aquel tiempo, suspendido entre el bullicio de la ciudad y el murmullo del pasado, los llevaba de vuelta a sus refugios: el muelle de St Kilda, cafés escondidos y cines que se iluminaban hasta altas horas de la madrugada. Allí, en esos destinos casi míticos, el amor se reconstruía en cada reencuentro, reafirmando su fuerza contra el paso implacable del tiempo. Las reuniones del grupo se habían transformado en rituales sagrados, momentos en los que las esperanzas y los anhelos se entrelazaban en conversaciones sobre el futuro. A veces, entre risas y silencios, surgían preguntas que nadie se atrevía a responder del todo.

Con el final de sus estudios a la vista, el cambio se hizo palpable en cada gesto y decisión. Jordan, convencido de que el periodismo era su destino, se enfrentó a una oferta laboral que no solo marcaba el inicio de su carrera, sino también la consolidación de sus sueños. En una tarde teñida de nostalgia y esperanza, compartió su emoción:

—Este nuevo comienzo me llena de ilusión; siento que cada sacrificio me ha acercado a lo que siempre soñé.

—Estaré contigo en cada paso, porque tu pasión me inspira. Juntos, nuestros relatos serán la historia que desafíe al tiempo —agregó Lailah, con una sonrisa que parecía contener todas las estaciones.

El reloj continuaba su incesante marcha, transformando carreras y tejiendo nuevas realidades, pero en medio del caos diario, el amor que habían cultivado se erguía como un faro inquebrantable. Cada palabra compartida y cada silencio cómplice fortalecían ese lazo, convirtiéndolo en la constante que les recordaba que, aun cuando el mundo se reacomoda, lo verdaderamente importante perdura

**Monash University Campus
Clayton, Australia**

Capítulo 25 – El Círculo que Creció con Ellos

El paso de los años no solo transformó a Jordan y Lailah, sino también a quienes los habían acompañado durante la adolescencia. Aquella amistad inquebrantable, que alguna vez se forjó en los encuentros despreocupados de la juventud, se enfrentaba ahora al mundo real. Cada uno seguía su propio destino, pero el hilo invisible que los unía permanecía intacto.

Saúl, por ejemplo, tras culminar su pasantía en un prestigioso estudio de arquitectura, había conseguido un puesto fijo en una firma reconocida. Día a día, se sumergía en planos y cálculos, creando estructuras que prometían darle forma a la ciudad. Mientras tanto, en el bullicio de su rutina, encontraba instantes para preguntarse, con una sonrisa nostálgica, cómo había recorrido ese camino de construcción y creatividad.

Por otro lado, Esther había hallado en el diseño gráfico su verdadera pasión. Sus ilustraciones comenzaron a llenar páginas de revistas, carteles y exposiciones, atrayendo miradas con ese estilo fresco y vibrante que siempre había distinguido su talento. Sin embargo, en lo profundo de su ser, recordaba con cariño aquellos días en que ideas y sueños brotaban en servilletas de café, junto a los integrantes de ese círculo que creció con ellos.

Aunque las reuniones ya no ocurrían con la frecuencia de los días universitarios y de TAFE, el grupo siempre hallaba la manera de reencontrarse. Cenas improvisadas en alguna casa, noches de cine que evocaban viejos recuerdos o encuentros fortuitos en la calle bastaban para reconectar. Cada reencuentro era una reafirmación de que, pase lo que pase, los lazos del pasado seguían vivos.

En medio de esa red de futuros divergentes y caminos paralelos, Lailah vivía intensamente su anhelo por convertirse en reportera gráfica. El deseo de documentar el mundo a través de su lente marcaba cada uno de sus días, y el sueño de unir la mirada periodística con su pasión por la fotografía iluminaba sus proyectos.

A veces, sin planearlo, coincidían en Caulfield Park. No era una cita, ni una tradición, pero el parque parecía convocarlos cuando más lo necesitaban. Como si supiera que, en medio del ruido, aún había espacio para lo esencial.

Una tarde de otoño, Saúl apareció con una carpeta bajo el brazo, buscando un banco libre. Esther ya estaba allí, dibujando en su cuaderno sin mirar el reloj.

Lailah llegó minutos después, con la cámara colgada al cuello, como si el aire la hubiera guiado hasta ellos.

No hablaron de trabajo ni de proyectos. Solo compartieron el silencio, el sonido de las hojas cayendo, y una risa que brotó sin explicación.

—¿Recuerdan cuando queríamos cambiar el mundo desde una mesa de café? —preguntó Esther, sin levantar la vista.

—Y lo estamos haciendo —respondió Saúl—, solo que desde distintos planos.

Lailah tomó una foto sin que lo notaran. No era una imagen perfecta, pero capturaba algo esencial: la forma en que el tiempo los había moldeado sin borrar lo que eran.

Más tarde, al revisar la fotografía, vio que el sol se filtraba entre los árboles justo detrás de ellos, como si el parque también quisiera guardar ese momento.

Lo tituló El círculo que creció con nosotros, y lo incluyó en su primera exposición.

Aquel gesto, pequeño pero simbólico, se convirtió en una promesa tácita: seguir creciendo, seguir reencontrándose, aunque fuera en fragmentos.

Porque el círculo no era solo un grupo de amigos.

Era una forma de mirar el mundo, de sostenerse en la memoria compartida, de saber que, pase lo que pase, siempre habría un banco en el parque donde volver a ser ellos mismos.

Antes de irse, Esther arrancó una hoja de su cuaderno y la dejó sobre el banco.

En ella, había dibujado tres siluetas bajo un árbol, con una frase escrita en tinta azul:

"Algunos vínculos no envejecen. Solo cambian de forma."

Lailah la fotografió también.Y supo que esa imagen no era para la exposición.Era para ellos.

Algunos vínculos
no envejecen.
Solo cambian
de forma.

Capítulo 26-Cartas al futuro

La mañana comenzó con papeles, sobres y una pila de currículums que hablaban de sueños y vocaciones. En la mesa del comedor, Lailah y Jordan trabajaban en silencio, concentrados, como si cada hoja que doblaban y ensobraban fuera una semilla lanzada al viento.

—¿Cuántos llevamos? —preguntó Jordan, mirando la pila creciente.

—Treinta y dos —respondió Lailah, sin levantar la vista—. Dieciséis para diarios, dieciséis para revistas.

Jordan sonrió.

—Parece que estamos sembrando un bosque.

—O una red de posibilidades —dijo ella, con una sonrisa cómplice.

El sol entraba por la ventana, iluminando los sobres como si les diera su bendición. Cuando terminaron, los apilaron cuidadosamente en una bolsa de tela y salieron rumbo al buzón más cercano.

El aire de Melbourne tenía ese aroma a eucalipto y ciudad despierta. Caminaron hasta la esquina, depositaron los sobres en el buzón rojo, y se quedaron un momento mirando cómo desaparecían por la ranura.

—Listo —dijo Jordan—. Ahora el universo tiene trabajo que hacer.

—Y nosotros también —agregó Lailah—. Vamos a celebrar que dimos el primer paso.

Tomaron el tranvía en dirección a St Kilda. El traqueteo del vagón, los edificios que pasaban como fotogramas, las calles llenas de vida: todo parecía parte de una película que ellos protagonizaban.

—¿Te imaginás que uno de esos sobres llegue justo a alguien que nos estaba esperando? —preguntó Jordan, mirando por la ventana.

—Me gusta pensar que sí —respondió Lailah—. Que hay una editora o un fotógrafo que justo hoy necesitaba leer lo que escribimos.

El tranvía se detuvo cerca del mar. Bajaron y caminaron hasta la playa de St Kilda, donde el agua brillaba como si supiera que era parte de una celebración.

Se sacaron los zapatos, corrieron por la arena, se mojaron los pies. El sol acariciaba sus rostros, y el viento les despeinaba los pensamientos.

—¿Qué querés lograr este año? —preguntó Lailah, mientras se tumbaban sobre una toalla.

Jordan pensó un momento.

—Quiero publicar algo. Aunque sea una nota breve. Quiero ver mi nombre impreso.

—Yo quiero que alguien vea una foto mía y sienta algo. No importa si es en una revista o en una muestra. Solo quiero que conecte.

Se miraron, y en ese cruce de miradas había más que palabras. Había promesas.

Caminaron por la orilla tomados de la mano, dejando huellas que el agua borraba con suavidad. Entre risas y chapuzones, se lanzaban pequeñas provocaciones, se empujaban al agua, se abrazaban con sal y arena.

Los besos llegaban como olas: inesperados, frescos, necesarios. Las caricias eran parte del paisaje, como si el mar también los aprobara.

—¿Y si todo esto funciona? —preguntó Jordan, mientras se secaban al sol.

—Entonces vamos a tener que seguir soñando más alto —respondió Lailah, con los ojos cerrados y una sonrisa en los labios.

El día se fue deslizando entre conversaciones, silencios cómodos y planes que aún no tenían forma. Pero lo importante ya estaba hecho: habían lanzado sus cartas al futuro, y ahora solo quedaba esperar que el viento las llevara al lugar correcto.

Y mientras tanto, seguir caminando juntos por la orilla.

Capítulo 27 – Un Sobre Inesperado

Jordan lo había logrado.

Tras años de esfuerzo, incontables horas de redacción y entrevistas, y noches enteras dedicadas al análisis y la construcción de historias, su empeño finalmente había dado frutos.

Una mañana, la oferta de empleo llegó en un sobre elegante, con el nombre del periódico impreso en la esquina. Al verlo reposar sobre la mesa de la cocina, un vuelco recorrió su pecho.

Lo tomó con ambas manos, como si el papel pudiera quebrarse bajo el peso de la emoción.

Con cuidado, lo abrió, y sus ojos se deslizaron por aquellas líneas que confirmaban lo que tanto había anhelado: su primer trabajo como periodista profesional.

No gritó. No corrió. Solo se quedó allí, respirando hondo, como si el mundo hubiera cambiado de forma sin hacer ruido.

Esa noche, el destino los reunió nuevamente en el muelle de St Kilda, ese lugar cargado de recuerdos y de giros cruciales en su historia compartida.

El aire salado, testigo inmutable de tantas confidencias, se mezclaba con el brillo distante de la ciudad, marcando el escenario de un reencuentro decisivo. Mientras se dejaban envolver por el manto de luces reflejadas en el agua, Jordan rompió el silencio:

—Tengo noticias.

Sacó el sobre de su chaqueta, casi como si el papel pudiera transmitir la emoción contenida.

Lailah, que había estado observando en silencio, extendió su mano para recibirlo.

Al leer las primeras líneas, la sonrisa que emergió en su rostro no pudo ocultar la alegría y el orgullo.

—¡Lo sabía! —exclamó entre risas, dándole un empujón juguetón en el brazo. Su voz vibraba con la certeza de que lo grande siempre llega a quienes luchan por ello.

Jordan, con una leve risa que mezclaba nerviosismo y determinación, guardó nuevamente el sobre mientras sus palabras llenaban el ambiente:

—Ahora realmente empieza todo.

El murmullo del oleaje parecía validar cada palabra.

Lailah, con la cámara colgándole del cuello como un recordatorio de sus propios sueños, inclinó la vista en busca de una confirmación más profunda.

—¿Te asusta lo que viene?

Sus ojos reflejaban tanto la emoción de lo desconocido como la firme convicción de seguir el sueño.

Después de una breve pausa, Jordan respondió con la honestidad de quien abraza la incertidumbre:

—Un poco. Pero en el buen sentido, porque cada desafío es la antesala de algo grandioso.

Se quedaron allí, embriagados por el instante.

Las luces titilantes sobre el agua y el eco lejano de la ciudad se confluyeron en el silencio que lo decía todo: la trascendencia del momento era única, y ambos sabían que este era solo el comienzo.

Con el corazón henchido de esperanzas renovadas, Lailah susurró casi como un conjuro:

—Esto es apenas el principio.

Jordan asintió, convencido de que, pase lo que pase, sus caminos, tejidos desde siempre, los llevarían juntos hacia nuevos horizontes.

Antes de irse, Lailah tomó una foto del muelle vacío, con el sobre en primer plano sobre la baranda.

No era para la prensa.Era para la memoria.Jordan lo había logrado. Tras años de esfuerzo, incontables horas de redacción y entrevistas, y noches enteras dedicadas al análisis y la construcción de historias, su empeño finalmente había dado frutos. Una mañana, la oferta de empleo llegó en un sobre elegante, con el nombre del periódico impreso en la esquina. Al verlo reposar sobre la mesa de la cocina, un vuelco recorrió su pecho. Con cuidado, lo abrió, y sus ojos se deslizaron por aquellas líneas que confirmaban lo que tanto había anhelado: su primer trabajo como periodista profesional.Esa noche, el destino los reunió nuevamente en el muelle de St Kilda, ese lugar cargado de recuerdos y de giros cruciales en su historia compartida. El aire salado, testigo inmutable de tantas confidencias, se mezclaba con el brillo distante de la ciudad, marcando el escenario de un reencuentro decisivo. Mientras se dejaban envolver por el manto de luces reflejadas en el agua, Jordan rompió el silencio:

"Tengo noticias." *(Sacó el sobre de su chaqueta, casi como si el papel pudiera transmitir la emoción contenida.)*
Lailah, que había estado observando en silencio, extendió su mano para recibir el sobre. Al leer las primeras líneas, la sonrisa que emergió en su rostro no pudo ocultar la alegría y el orgullo:
"¡Lo sabía!" *(Entre risas y un empujón juguetón en el brazo, su voz vibraba con la certeza de que lo grande siempre llegaría a quienes luchan por ello.)*
Jordan, con una leve risa que mezclaba nerviosismo y determinación, guardó nuevamente el sobre mientras sus palabras llenaban el ambiente:
"Ahora realmente empieza todo."
El murmullo del oleaje parecía validar cada palabra.
Lailah, con la cámara colgándole del cuello como un recordatorio de sus propios sueños, inclinó la vista en busca de una confirmación más profunda:
"¿Te asusta lo que viene?" *(Sus ojos reflejaban tanto la emoción de lo desconocido como la firme convicción de seguir el sueño.)*
Después de una breve pausa, Jordan respondió con la honestidad de quien abraza la incertidumbre:

"Un poco. Pero en el buen sentido, porque cada desafío es la antesala de algo grandioso."

Se quedaron allí, embriagados por el instante. Las luces titilantes sobre el agua y el eco lejano de la ciudad se confluyeron en el silencio que lo decía todo: la trascendencia del momento era única, y ambos sabían que este era solo el comienzo.

Con el corazón henchido de esperanzas renovadas, Lailah susurró casi como un conjuro:

"Esto es apenas el principio."

Jordan asintió, convencido de que, pase lo que pase, sus caminos, tejidos desde siempre, los llevarían juntos hacia nuevos horizontes.

Con el corazón henchido de esperanzas renovadas, Lailah susurró casi como un conjuro:

"Esto es apenas el principio."

Jordan asintió, convencido de que, pase lo que pase, sus caminos, tejidos desde siempre, los llevarían juntos hacia nuevos horizontes.

Capitulo 28– Otro mas

Una tarde, cuando la rutina parecía no dejar espacio para sorpresas, el sonido del cartero depositando sobres en la puerta se diluyó en el murmullo cotidiano.

Lailah, absorta en revelar una serie de fotografías en el pequeño estudio que había convertido en su refugio, no prestó atención a la llegada de la correspondencia.

Solo al salir y ver la pila ordenada sobre la mesa, su mirada se detuvo en un sobre que se distinguía por un detalle inconfundible: el mismo membrete que había observado en el sobre que Jordan había recibido días atrás.

Con el corazón acelerado, dejó los demás sobres a un lado y lo tomó con manos temblorosas.

—¿Será posible? —se preguntó en silencio, mientras sus dedos recorrían suavemente la solapa, como si quisieran absorber el peso y la historia del papel.

Con la respiración contenida, rasgó con cautela el borde del sobre.

Cada palabra que aparecía ante sus ojos parecía refrendar sus anhelos, hilvanando promesas de un futuro tan deseado.

No era simplemente una carta; era una oferta, la llave a ese anhelado destino de convertirse en reportera gráfica.

Mientras la tenue luz del atardecer se filtraba por la ventana, Lailah sintió una mezcla de incredulidad, emoción y nerviosismo.

Esa carta, con el mismo membrete que unía brevemente su historia con la de Jordan, era la prueba de que sus caminos, aunque tomados por senderos distintos, estaban destinados a entrelazarse de manera imprevista.

Habían visto su trabajo, su estilo, la manera en que capturaba los momentos con una precisión casi narrativa.

Querían que formara parte del equipo gráfico del mismo periódico que había contratado a Jordan.

Un estremecimiento recorrió su cuerpo. Tomó el sobre y lo sostuvo unos segundos más, como si necesitara que el papel confirmara su realidad.

Luego, sin pensarlo dos veces, salió apresurada.

Sabía exactamente a quién tenía que contarle esto primero.

Mientras cruzaba la calle, con el sobre aún en la mano, el sol descendía detrás de los edificios, tiñendo el cielo de tonos dorados y violetas.
La ciudad parecía guardar silencio, como si entendiera que algo estaba por comenzar.Y en ese instante, mientras el viento le despeinaba el cabello y la cámara golpeaba suavemente contra su pecho, Lailah supo que no estaba sola en ese salto.
Jordan ya había dado el suyo.
Ahora era su turno.

Capítulo 29 – La noticia que cambió todo

Lailah cruzaba la ciudad con el sobre en la mano, aferrándolo contra su pecho como si temiera que el viento, cómplice de lo incierto, se lo arrebatara. Cada paso resonaba como un latido más en el torbellino que agitaba su interior: sorpresa, emoción, y ese leve temblor que acompaña a todo umbral importante. El papel no era solo papel. Era promesa, era vértigo, era confirmación.

Al llegar al café donde solía encontrarse con Jordan —ese rincón de madera cálida y ventanas empañadas por memorias compartidas— lo encontró ya allí, hojeando distraídamente un periódico. Su taza de café, a medio consumir, parecía olvidada entre sus dedos. Apenas la vio entrar, levantó la vista y esbozó una sonrisa que no necesitaba palabras.

—Viniste más rápido de lo que pensé. ¿Todo bien? —dijo mientras cerraba el periódico con un gesto cálido, casi un ritual.

Lailah no respondió de inmediato. Se acercó con pasos contenidos, como si cada uno midiera el peso de lo que estaba por decirse. Depositó el sobre sobre la mesa, justo frente a él, con una delicadeza que rozaba lo sagrado. Jordan arqueó una ceja, tomó el sobre y examinó el membrete con creciente curiosidad.—¿Qué es esto?—Ábrelo —susurró ella, conteniendo la respiración como quien espera que el mundo se incline hacia una nueva direcciónJordan lo abrió con cuidado, deslizando el papel entre sus manos como si temiera romper algo más que celulosa. A medida que sus ojos recorrían cada línea, su expresión cambió: de la curiosidad inicial a una sorpresa genuina, y luego a una emoción tan profunda que solo Lailah parecía poder comprender. Levantó la mirada, aún sin soltar el sobre.

—¿Te han ofrecido un puesto en el periódico? —preguntó, con una mezcla de incredulidad y entusiasmo que le iluminaba el rostro.

Lailah asintió. Una sonrisa se dibujó en su rostro, reflejo de un anhelo cumplido y del nerviosismo que acompaña a los sueños cuando se vuelven reales. Jordan soltó una breve risa, mezcla de alegría y asombro.—Esto es increíble. No puedo creerlo.

—Yo tampoco —respondió ella, con una voz que parecía recién nacida.

Se instaló entre ellos un silencio cargado de algo indescriptible, como si el universo hubiera trazado un camino con la precisión de un destino ineludible. Jordan volvió a mirar el papel, luego a ella, con una intensidad que no necesitaba traducción.

—Sabes lo que esto significa, ¿verdad?

Lailah asintió. Las palabras pugnaban por salir, pero cuando lo hicieron, lo hicieron con firmeza:

—Seguiremos juntos. En el mismo lugar, viviendo lo que siempre hemos soñado.

Jordan dejó el sobre sobre la mesa, como quien deposita una ofrenda. Luego, sin necesidad de más palabras, tomó la mano de Lailah.

—Siempre supe que esto iba a suceder. No importa cómo, sino que lo que merecíamos estaba por llegar.

Ella sonrió, reconociendo en sus palabras la verdad de un destino compartido. Sus caminos no solo se habían entrelazado en el amor, sino ahora también en una vocación común, en un futuro que los reclamaba desde el mismo lugar.

El café, testigo silencioso, parecía contener la escena como un marco perfecto. Afuera, la ciudad seguía su curso, ajena al instante que acababa de definirse. El futuro apenas comenzaba, y sin importar lo que trajera, lo enfrentarían juntos.

Capítulo 30– El encuadre invisible

El reloj marcaba las 10:08 cuando Lailah y Jordan cruzaron la puerta de vidrio esmerilado que conducía al despacho de David. El cartel dorado aún decía "Director", con letras que el tiempo había comenzado a desgastar, como si el cargo fuera más antiguo que el hombre que lo ocupaba. La luz que atravesaba el vidrio proyectaba sombras difusas sobre el suelo, como si el pasado se filtrara en cada rincón.

David no se acercó. Permanecía de pie junto a una mesa auxiliar, sirviéndose café en una taza sin logotipo, ajeno a cualquier formalidad. Su mirada se posó primero en Jordan, luego en Lailah, como si los estuviera encuadrando en una fotografía mental, evaluando no solo quiénes eran, sino qué podían ver.

—¿Ustedes son los de la oferta? —preguntó sin rodeos, con una voz que parecía haber sido pulida por años de titulares y silencios.

—Sí —respondió Jordan, intentando sonar seguro, aunque sus dedos jugaban con el borde de su libreta—. Periodista. Crónicas, reportajes largos.

—Y ella...

—Lailah —interrumpió ella, con una voz clara, sin titubeos—. Fotógrafa. Documental, calle, retrato. Lo que no se dice con palabras.

David esbozó una sonrisa breve, casi imperceptible. Señaló las dos sillas frente a su escritorio.

—Siéntense.

El despacho olía a papel viejo y café fuerte. En las paredes, portadas enmarcadas de ediciones históricas: el golpe militar en Chile (1973), los disturbios en Soweto (1976), la victoria de Argentina en el Mundial (1978).

Cada imagen parecía mirar desde el pasado, como testigos mudos de lo que alguna vez fue periodismo sin concesiones.

—¿Por qué este diario? —preguntó David, hojeando los currículums impresos—. No somos lo que éramos. Y no prometo que vayamos a serlo otra vez.

Jordan se inclinó hacia adelante, como si sus palabras necesitaran impulso.

—Justamente por eso. Porque lo que queda cuando todo se desmorona es la posibilidad de contar algo verdadero. Sin ruido. Sin algoritmo.

David lo miró con atención, luego giró hacia Lailah.

—¿Y tú? ¿Qué ves que valga la pena fotografiar en este mundo saturado de imágenes?

Lailah sostuvo su mirada sin pestañear.

—Lo que no se ve. Lo que pasa entre una palabra y otra. Lo que se pierde si nadie lo detiene.

David guardó silencio unos segundos. Luego dejó los papeles sobre el escritorio y se cruzó de brazos.

—Tengo una historia. Una que nadie ha querido cubrir. No es "trending topic". No tiene patrocinadores. Pero si logran hacerla hablar —miró a Jordan— y verla de verdad —miró a Lailah—, entonces hablamos de un contrato.

Jordan asintió. Lailah ya estaba sacando su cámara del bolso, como si la historia ya los esperara afuera, en alguna esquina olvidada.

David sonrió por primera vez.

—Bien. Tienen tres días.

Lailah se puso de pie, lista para salir, pero antes de que alcanzara la puerta, la voz de David la detuvo.

—Espera —dijo, sin levantar el tono—. Esta noche quiero que vayas sola a la Galería Aurora. Hay una exposición organizada por Julián Crest. No es una nota cualquiera —añadió, mientras tomaba una tarjeta de su escritorio y se la extendía—. Hay algo en esa muestra que me interesa. Y quiero tus ojos allí.

Lailah tomó la tarjeta. No preguntó. Las respuestas estaban en los silencios entre las imágenes.Jordan la miró de reojo, como si intuyera que esa galería no era solo una sala de arte, sino el umbral de algo más grande. Algo que, tarde o temprano, también lo alcanzaría a él.

Cuando salieron de la oficina de David, el pasillo parecía más largo de lo habitual, como si el tiempo se hubiera estirado entre la promesa y lo desconocido.desconocido.

—Crest es un enigma —murmuró Jordan mientras repasaba el documento que

David les había encomendado, algo que llevaba tiempo sin poder nombrar.

—Entonces esta será tu mejor cobertura —dijo él, con una mezcla de orgullo y advertencia.

Ella sonrió, pero no respondió. Sabía que su cámara la estaba llevando, una vez más, a un lugar inesperado. No era la primera vez que un encuadre le revelaba más de lo que buscaba. Pero esta vez, lo presentía, no se trataba solo de una historia ajena.

Mientras bajaban las escaleras del edificio, el aire de la tarde se colaba por las ventanas abiertas. Afuera, la ciudad seguía su curso: bocinas, pasos, murmullos. Pero en el centro de todo eso, Lailah sentía una quietud extraña, como si algo estuviera a punto de comenzar.

Y aunque aún no lo sabía, esa exposición no solo le mostraría arte. Le mostraría algo de sí misma que nunca había mirado de frente. Algo que había estado esperando ser visto, como una fotografía olvidada en el fondo de un cajón.

Esa noche, en la Galería Aurora, no solo encuadraría imágenes. Encuadraría heridas. Y quizás, por primera vez, se atrevería a enfocar las suyas

Capítulo 31 – Sin nervios

Lailah repasaba cada lente, cada ajuste, como si al revisar su equipo pudiera apaciguar sus pensamientos. No había margen para errores. Esta no era una sesión ordinaria: debía capturar la esencia de las obras, la energía irrepetible del evento, la figura críptica de Crest y el murmullo selecto de su círculo.

Pero también, sin saberlo del todo, debía capturar algo de sí misma.

Se detuvo frente al bolso donde dormía su cámara y sintió la dualidad que le apretaba el pecho: una mezcla de euforia y vértigo. Como si cada tornillo ajustado fuera también una forma de contener el temblor interno.

Jordan apareció en el umbral, sosteniendo dos tazas de café. Su silueta se recortaba contra la luz tenue del pasillo, como si él también fuera parte de una escena que aún no había sido revelada.

—¿Estás nerviosa, no?

Ella negó con una sonrisa débil, pero sus ojos no lograban disimular del todo la tensión.

—No sé si es miedo o emoción.

Jordan se acercó y dejó el café sobre la mesa, mientras tomaba el bolso con cuidado, como si al tocarlo pudiera compartir parte del peso que ella cargaba.

—Es lo que pasa cuando sabés que estás en la antesala de un cambio. Después de esto, ya nada será igual.

Lailah lo miró; sus manos descansaban sobre los negativos recién revelados. La luz los atravesaba como si también revelara algo de ella.

Fragmentos de otras miradas, otras calles, otros silencios. Pero esta vez, la imagen que debía capturar no estaba afuera. Estaba en el umbral.

—¿Y si no está a la altura?

Jordan le devolvió el bolso con una firmeza suave, como quien entrega algo más que un objeto.

—Si tú estás ahí, lo estará.

Fue el único momento en que los nervios se disiparon por completo.

Ella tomó el café y sonrió. Estaba lista. No para una sesión. Para una revelación.

Poco antes, habían tomado una decisión sin aspavientos: mudarse juntos.

No hubo promesas altisonantes ni celebraciones. Solo una frase que bastó:

—Probaremos —se dijeron.

No había certezas, pero tampoco dudas. Era un pacto silencioso, como los que se hacen entre dos personas que ya han aprendido a leer entre líneas.

Los primeros días trajeron pequeños desajustes y aprendizajes: la distribución del espacio, los ritmos desacompasados, los hábitos que, antes, quedaban maquillados entre visitas esporádicas.

Vivir juntos no era solo compartir lugar; era dejar que lo propio se mezclara con lo cotidiano del otro.

Era aceptar que el desorden también podía ser una forma de intimidad.

Jordan descubrió que Lailah siempre dejaba su cámara en la mesa del comedor, lista para capturar lo inesperado. Jamás pensó en moverla.

Era como si ese objeto tuviera derecho a permanecer, como un testigo silencioso de su vida compartida.

Lailah notó que Jordan tenía una fascinación peculiar con los periódicos: nunca los doblaba del todo, como si quisiera preservar algo sagrado en ellos.

A veces los dejaba abiertos en páginas que no había leído, como si el tiempo pudiera esperar.

Detalles minúsculos, pero profundamente reveladores.

Como los gestos que no se dicen, pero que sostienen.

Las noches se poblaron de conversaciones al borde del sueño, con tazas de café olvidadas a medio tomar.

Hablaban de sus días, sus dudas, sus planes.

Y aunque a veces los horarios no coincidían, o el cansancio imponía silencios, el acuerdo seguía firme: probaremos.

Porque sabían que ese intento era, en realidad, un deseo de permanencia.

Una forma de decir: "Estoy aquí, aunque no lo diga todo el tiempo."

Una forma de encuadrar lo invisible.

Porque sabían que ese intento era, en realidad, un deseo de permanencia.

Capítulo 32 – Galería Aurora

La Galería Aurora olía a barniz reciente y a vino blanco. Las luces, suspendidas como astros mínimos, caían sobre las obras con una precisión quirúrgica. El silencio era denso, pero no solemne: parecía tejido por las propias piezas, como si cada una dictara su propio ritmo de contemplación.

Lailah caminaba despacio, cámara en mano, dejando que sus pasos se ajustaran al pulso de las imágenes. No disparaba de inmediato. Observaba. Respiraba con los cuadros.

Había esculturas que parecían a punto de desmoronarse, lienzos donde los colores se resistían a convivir, instalaciones que susurraban más que hablar. Todo tenía una herida. Una historia que no se ofrecía, sino que se dejaba intuir.

Disparó algunas veces. Un reflejo en un vidrio. Una sombra que cruzaba un marco. Un niño que miraba una figura abstracta como si fuera un animal dormido.

Cada imagen capturada parecía contener algo más que forma: una pausa, una pregunta, un eco.

Y entonces lo vio.

Un retrato, colgado en una esquina menos transitada. No era grande ni llamativo. Una mujer de rostro sereno, ojos cerrados, labios apenas curvados. La paleta era sobria, casi apagada. Pero había algo. Algo que no encajaba.

Lailah se acercó, ladeó la cabeza. Miró desde distintos ángulos. Buscó entre las pinceladas, entre las capas de óleo, una grieta, una firma, una sombra escondida. Pero no era nada concreto. No podía decir qué era lo que la distraía. Solo sabía que no podía dejar de mirar. Disparó una vez. Luego otra. Y otra más, sin moverse del sitio.

El resto de la sala se desdibujó. Solo quedaban ella, la mujer del retrato, y esa sensación leve —pero insistente— de que algo estaba fuera de lugar. No mal pintado. No incorrecto. Solo... desplazado. Como una palabra en una frase que no pertenece, pero que nadie se atreve a quitar.

Mientras enfocaba por tercera vez el retrato, Lailah sintió una presencia a su lado. No un ruido, ni un movimiento brusco. Solo una pausa en el aire, como si alguien hubiera contenido la respiración muy cerca de ella.

—No todos se detienen en esa pieza —dijo una voz grave, con un acento difícil de ubicar—. La mayoría pasa de largo. O se incomoda.

Lailah bajó la cámara con lentitud. A su lado, un hombre de traje oscuro y mirada líquida la observaba con una mezcla de curiosidad y cálculo. No necesitaba presentación. Lo había visto en entrevistas, en catálogos, en notas de prensa que hablaban de su obsesión por el arte herido.

—Julián Crest —dijo él, como si confirmara una sospecha que ella aún no había formulado.

—Lailah —respondió ella, sin extender la mano. Aún tenía la cámara colgando del cuello, como un escudo.

Crest no pareció ofenderse. Miró el retrato con los brazos cruzados, como si lo viera por primera vez.

—Esa obra no está en el catálogo. No tiene título. Ni autor confirmado. La encontré en una subasta menor, casi por accidente.

Lailah lo miró de reojo. Había algo en su tono que no era orgullo ni misterio. Era otra cosa. Una especie de respeto silencioso.

—¿Qué es lo que le inquieta? —preguntó él, sin mirarla.

Ella dudó. No quería sonar ingenua, ni pretenciosa.

—No lo sé —dijo al fin—. Es como si algo estuviera fuera de lugar. Pero no sé qué. No es el trazo. No es la luz. Es algo más... interno.

Crest asintió, como si esperara justo esa respuesta.

—A veces, lo que nos perturba en una imagen no está en la imagen. Está en nosotros. Y la obra solo lo refleja.

Lailah no respondió. Volvió a mirar el retrato. La mujer seguía allí, con los ojos cerrados, como si soñara algo que nadie más podía ver.

—¿Puedo preguntarle algo? —dijo Crest, esta vez mirándola directamente—. ¿Usted fotografía para entender, o para recordar?

Lailah sostuvo su mirada. No era una pregunta cualquiera. No en ese lugar. No frente a ese cuadro.

—Para detener lo que se escapa —respondió.

Crest sonrió, apenas.

—Entonces esta pieza la eligió a usted. No al revés.

Y sin decir más, se alejó entre las sombras de la galería, dejando tras de sí un silencio que no era incómodo, sino expectante. Como si algo acabara de comenzar.

Las palabras de Julián Crest aún

flotaban en el aire, suspendidas entre los cuadros y las sombras doradas de la Galería Aurora.

Habían hablado sin levantar la voz, como si el arte que los rodeaba exigiera respeto incluso para las despedidas.

Lailah se quedó unos minutos más frente al retrato.

No volvió a disparar.

Solo lo miró, como si esperara que la mujer abriera los ojos.

Y por un instante, creyó que lo haría.

Capítulo 33 – Interrupciones

El aroma del café recién hecho flotaba en el aire, mezclado con el crujido suave del pan tostado. Jordan y Lailah desayunaban en silencio, compartiendo una calma que parecía suspendida en el tiempo. La radio sonaba de fondo, una voz monótona repasando titulares sin urgencia. Afuera, la ciudad aún no despertaba del todo. El cielo estaba pálido, como si también dudara en comenzar el día.

—¿Querés más mermelada? —preguntó Lailah, estirando el brazo hacia el frasco.

—Solo si es de frambuesa —respondió Jordan, sin levantar la vista del cuaderno donde garabateaba ideas para su próximo artículo. Las letras eran rápidas, casi nerviosas, como si algo ya estuviera latiendo entre las líneas.

La voz del locutor se desdibujaba entre sorbos de café y migas sobre el mantel, hasta que algo cambió. Un corte abrupto. Un silencio breve. Luego, una voz distinta, más tensa:

—Interrumpimos la programación para informar que el reconocido coleccionista de arte Julián Crest ha sido encontrado muerto esta mañana en el interior de su galería privada. Las autoridades investigan las circunstancias del hecho, que por el momento se manejan como sospechosas...

Jordan levantó la cabeza de golpe.

Lailah dejó el cuchillo a medio camino, con la mermelada aún brillando sobre la hoja.

—¿Escuchaste eso? —preguntó ella, con el ceño fruncido.

Jordan ya se había puesto de pie. Caminó hacia la radio y subió el volumen. La voz continuaba, ahora con más detalles: el hallazgo del cuerpo, la presencia de la policía, la conmoción en el mundo del arte. Se mencionaban nombres, fechas, especulaciones. Pero todo sonaba incompleto.

—Julián Crest... —murmuró Jordan, como si el nombre activara algo más profundo que la sorpresa. No era solo una figura pública. Era una presencia que había tocado algo en ellos, especialmente en Lailah.

El teléfono fijo sonó con un timbre seco, urgente. Jordan cruzó la cocina en dos pasos y levantó el auricular.

—¿Jordan? —era la voz de su editor, sin preámbulos—. Lo quiero en la redacción ya. Vos y Lailah. Esto no es una nota más. Es la nota.

Jordan asintió, aunque el otro no podía verlo.

—Vamos en camino.

Colgó. Lailah ya se estaba poniendo la chaqueta, con movimientos rápidos pero precisos. No preguntaba. Ya sabía.

—¿Nos quieren allá?

—Nos necesitan allá —corrigió él, con una mezcla de adrenalina y desconcierto.

Lailah lo miró con atención. Había algo en su expresión que no era solo urgencia. Era memoria.

—¿Lo conocías?

Jordan dudó un segundo. No era fácil responder. No del todo.

—Lo suficiente como para saber que su muerte no va a ser un simple titular.

Salieron al frío de la mañana con el café aún humeando sobre la mesa. Las tazas quedaron como testigos mudos de una rutina interrumpida.

La ciudad, que minutos antes parecía dormida, ahora se desplegaba ante ellos como un tablero en movimiento.

Y en el centro, una galería silenciosa, un cuerpo sin respuestas, y una historia que apenas comenzaba a revelarse.

David no dejó lugar a dudas:

—No quiero un artículo, Jordan. Quiero el artículo.

Capítulo 34 – La Galería Silenciosa

En el corazón de la ciudad, la noticia de la inesperada muerte de Julian Crest sacudió al mundo del arte como un susurro violento entre bastidores. El reputado coleccionista —amante de la belleza, del silencio de los lienzos y de las piezas únicas— fue hallado sin vida en el interior de su galería privada, rodeado de sus obras más preciadas.

Las cintas policiales brillaban bajo la tenue luz de los faroles, lanzando destellos sobre los marcos dorados y las vitrinas polvorientas. El contraste con la quietud espectral del lugar era tan perturbador como poético.

Jordan, ahora periodista en pleno ascenso, ya no era el estudiante observador que una vez había soñado con escribir verdades: era parte del engranaje, con olfato para lo oculto y sensibilidad para lo irrepetible. Cuando escuchó la noticia, no pensó en la necrológica... pensó en una historia. De esas que no se escriben: se revelan.

Al entrar en la galería, Jordan sintió algo extraño. Como si cada obra, cada trazo, cada escultura mal colocada guardara una advertencia muda. Según la policía, todo indicaba un intento fallido de robo. Pero había algo que no cuadraba: Julian Crest vivía rodeado de seguridad. Demasiado ordenado en vida como para morir en un caos casual.

Avanzando entre las sombras del salón principal, Jordan reparó en un marco antiguo. Tenía una pequeña mancha, apenas visible. Un trazo de pintura que imitaba la forma de una huella.

No parecía casual.

Tal vez una firma... o un mensaje.

¿Del artista?,¿O del asesino?

Capítulo 35 – Una paleta de motivos

La investigación lo llevó a los nombres cercanos a Crest.

Elena Voss, artista que despreciaba a los coleccionistas que encerraban obras tras vitrinas, era la joya más visible de la colección.

Luego estaba Maxwell Rhys, inversor elegante y despiadado, que había tenido más de un desencuentro con Crest por adquisiciones frustradas.

Entre ambos, y otros del círculo íntimo, se tejía una red de tensiones, secretos y pequeñas traiciones.

Algunos hablaban de Crest como un mentor generoso.

Otros lo recordaban como un rival ambicioso.

Y unos pocos lo veían como una amenaza.

Jordan, con su libreta desgastada, iba anotando matices: miradas, palabras que no se decían, nombres que se evitaban.

No buscaba declaraciones. Buscaba grietas.

La pista llegó sin anuncio, como suelen hacerlo las verdades que importan.

Una carta, doblada con precisión antigua, apareció entre los pliegos de un catálogo de subastas que Jordan hojeaba por rutina.

No tenía remitente, solo una caligrafía firme y una tinta que había comenzado a desvanecerse.

La carta hablaba de una disputa. No legal, sino visceral.

Dos coleccionistas enfrentados por una pintura de origen incierto.

Se mencionaban fechas, nombres velados y una galería: Aurora.

La misma.

Pero lo más inquietante era lo que no estaba: la obra en cuestión ya no colgaba de sus muros.

Jordan frunció el ceño.

Recordó la noche de la exposición, la forma en que Lailah se había detenido frente a un cuadro sin nombre.

No lo había mencionado después, pero él conocía esa mirada: algo en esa imagen la había tocado.

Buscó a Lailah esa misma tarde.

Ella, sin hacer preguntas, le entregó las fotos de la galería.

No dijo nada, pero en sus ojos había una sombra de duda, como si aún no hubiera soltado del todo lo que sintió aquella noche.

Jordan tomó las imágenes.

Las revisó una por una.

El cuadro estaba allí, capturado desde distintos ángulos.

Sin señales evidentes.

Sin ruido.

Luego abrió el catálogo.

La misma obra, reproducida en papel satinado.

Mismo encuadre.

Mismo marco.

Y entonces lo vio.

Casi imperceptible.

Pero estaba ahí.

Una diferencia mínima.

Un trazo que no coincidía.

Una línea que en la foto de Lailah parecía más marcada, más reciente.

Como si alguien hubiera intervenido la pintura después de la impresión del catálogo.

O antes.

O como si existieran dos versiones de la misma obra, y solo una fuera real.

Jordan se recostó en la silla.

No creía en maldiciones.

Creía en causas.

Y la más humana de todas era el deseo: de poseer, de ocultar, de preservar lo que no se puede tener.

Volvió a mirar la imagen.

El detalle alterado no era decorativo.
Era una firma.
O algo que se le parecía.
Porque la verdad era otra:
La pintura era una falsificación tan
perfecta que habría engañado a
cualquier experto.
Quien la poseyera podría destruir
reputaciones o construir imperios de
papel.
Un motivo más que suficiente para
matar.

El cierre fue digno de una inauguración.
Jordan convocó a los implicados con la
excusa de una nota exclusiva y, rodeado
por la policía y la prensa, reveló al
culpable:
Un artista brillante cuyas obraa habían
sido rechazadas por Crest años atrás.
Había falsificado la pintura para
humillarlo.
Pero, cuando Crest descubrió la verdad,
la reacción no fue la esperada.
La tensión escaló.
El desenlace fue fatal.

Mientras se llevaban al falsificador,
Jordan sintió algo parecido a la tristeza.

No por el culpable, sino por el precio pagado por el arte cuando se olvida del alma.

Aquella galería, que alguna vez fue santuario, se convirtió en escena del reflejo más humano:

La necesidad de ser visto.

Esa noche, mientras el sol caía sobre el parque y las calles volvían a su rutina, Jordan escribió las últimas líneas de su artículo.

Y supo que, entre colores, pigmentos y polvo, el nombre de Julian Crest descansaría por fin en paz.

Capítulo 36 – Reconocimiento

El impacto fue inmediato y profundo. La investigación sobre la misteriosa muerte de Julián Crest, figura emblemática del mundo del arte y curador principal de la Galería Aurora, sacudió tanto al circuito cultural como al público general. Lo que en un principio parecía un accidente aislado, fue desentrañado por Jordan con una precisión quirúrgica: documentos ocultos, silencios comprados, y una red de intereses que se extendía más allá de los muros de la galería.

Pero fue Lailah, con su cámara, quien convirtió los hechos en verdad emocional. Sus fotografías no solo documentaban: revelaban. Capturaban la tensión en los rostros, el vacío en los espacios donde Julián solía estar, y los detalles que el ojo común habría pasado por alto. Cada imagen era una pieza de evidencia, pero también un acto de duelo.

La publicación del reportaje provocó una reacción en cadena. Los lectores del periódico quedaron conmovidos; los medios televisivos y radiales retomaron la historia con urgencia. En cafés, foros y redes sociales, todos hablaban de lo mismo: ¿quién quería silenciar a Julián Crest, y por qué?

La repercusión fue tal que Jordan y Lailah fueron nominados a los Premios Walkley, el máximo reconocimiento al periodismo de investigación en Australia. Un honor reservado para quienes no solo informan, sino que se atreven a incomodar, a remover las aguas estancadas del poder.

Para ambos, la nominación no era un final. Era apenas el eco de algo más grande: una verdad que aún no terminaba de revelarse.

En los días siguientes, la Galería Aurora cerró temporalmente sus puertas. Una placa conmemorativa fue instalada en el vestíbulo, con una fotografía de Julián tomada por Lailah: una imagen serena, en blanco y negro, donde su mirada parecía atravesar el tiempo.

Jordan recibió mensajes de colegas, algunos de felicitación, otros de advertencia. "Cuidado con lo que viene", decía uno. "Abriste una puerta que no se puede cerrar", decía otro.

Lailah, por su parte, fue invitada a exponer su serie fotográfica en el Centro de Arte Contemporáneo de Melbourne. La muestra se tituló Ausencias y atrajo a cientos de visitantes. Muchos lloraban frente a las imágenes. Otros dejaban notas en una pared improvisada de papel kraft: recuerdos, preguntas, agradecimientos.

Una noche, después de la inauguración, Jordan y Lailah caminaron por Southbank, en silencio. El río Yarra reflejaba las luces de la ciudad, y el murmullo del agua parecía acompañar sus pensamientos.

—¿Creés que hicimos lo correcto? —preguntó Jordan.

—Creo que hicimos lo necesario —respondió Lailah, sin dudar.

Se tomaron de la mano. No había certezas, pero sí una convicción compartida: seguirían buscando la verdad, aunque les costara el sueño, aunque el camino se volviera más oscuro.

Porque a veces, el reconocimiento no es un trofeo. Es una responsabilidad que apenas comienza.

Capítulo 37 – El día después

Después del desenlace de la investigación y la nominación a los Premios Walkley, las felicitaciones no paraban de llegar.

Cartas, correos, llamadas, flores.

Desde universidades hasta antiguos colegas, desde artistas independientes hasta lectores anónimos que se sintieron vistos por primera vez, todos querían expresar su gratitud.

Algunos hablaban de justicia.

Otros, de valentía.

Pero la mayoría simplemente agradecía que alguien se hubiera atrevido a contar la historia completa, sin adornos ni concesiones.

Sin miedo.

En la redacción, el teléfono no dejaba de sonar.

El director del periódico, que al principio había dudado en publicar la investigación completa, ahora se paseaba por la sala con una sonrisa orgullosa, como si el riesgo hubiese sido suyo.

Las cámaras de televisión pidieron entrevistas.

Las revistas culturales querían a Lailah en portada.

Y Jordan, que siempre había preferido el anonimato del texto, se encontró de pronto en el centro de una atención que no había buscado.

Lailah, por su parte, se mantuvo serena. Agradecía con una sonrisa breve, con esa elegancia suya que parecía venir de otro tiempo.

Pero en el fondo, sabía que el reconocimiento era solo una capa superficial.

Lo que había visto, lo que había capturado con su lente, no se borraba con elogios.

Las imágenes seguían ahí, en su mente, como heridas abiertas.

Como testigos mudos de algo que aún dolía.

Y sin embargo, había algo profundamente reparador en ese momento.

No por la fama, ni por los premios, sino por la certeza de que el silencio había sido roto.

Que Julián Crest, con todas sus luces y sombras, no sería recordado solo por su caída, sino también por lo que su muerte reveló del mundo que lo rodeaba.

Por lo que obligó a mirar.

En medio de todo, Jordan y Lailah compartieron una mirada silenciosa.

No necesitaban palabras.
Sabían que lo que habían hecho los
había cambiado.
Y que, más allá de las felicitaciones, lo
que realmente importaba era esto:
La verdad había salido.
Y ya no había forma de volver atrás.
—¿No te parece un poco exagerado todo
esto? —dijo Jordan, dejando caer su
chaqueta sobre la silla como si le pesara
más de lo normal.
Lailah levantó la vista desde su taza de
té, que ya se había enfriado.
No respondió de inmediato.
Afuera, la ciudad seguía su curso,
indiferente al torbellino que los envolvía
desde hacía días.
—¿Te refieres a las felicitaciones o a las
flores con tarjetas que no dicen nada? —
preguntó al fin, con una media sonrisa
que no llegaba a los ojos.
Jordan se encogió de hombros.
—A todo. A la forma en que nos miran
ahora.
Como si hubiéramos hecho algo heroico.
Como si contar lo que vimos fuera un
acto de gloria y no de necesidad.
Lailah asintió, despacio.
—Es que nadie quiere mirar de frente lo
que duele.

Y cuando alguien lo hace por ellos, lo convierten en espectáculo.

O en mito.

Hubo un silencio breve.

No incómodo, sino lleno de cosas que no hacía falta decir.

Jordan se sentó frente a ella, apoyando los codos en la mesa, la mirada perdida en algún punto entre la ventana y el recuerdo.

—No lo hicimos por esto —dijo, casi en un susurro—.

Lo hicimos porque algo en nosotros no nos dejó mirar para otro lado.

—Y eso no cambia —respondió Lailah—. Aunque ahora quieran ponernos en vitrinas, como a Julián.

Jordan la miró entonces, y por primera vez en días, se permitió soltar el aire que venía conteniendo.

—¿Y si no estamos hechos para esto? Para los focos, los premios, las entrevistas.

Lailah sostuvo su mirada.

—Entonces que lo sepan.

Que no nos confundan con lo que quieren ver.

Que entiendan que seguimos siendo los mismos que entraron a esa galería con más preguntas que certezas.

Jordan sonrió, cansado pero sincero.

—¿Y si todo esto apenas empieza?
Ella se encogió de hombros, con una dulzura que desarmaba.
—Entonces que nos encuentre despiertos.

Capitulo 38 -El umbral compartido

Pasadas varias semanas, en la edición matutina, Jordan presenta un nuevo artículo:

Esta semana, publiqué algo distinto. No se trata de una entrevista ni de una investigación habitual. Es una crónica personal. Un recuerdo. Un homenaje silencioso.

Porque el periodismo, a veces, también se inclina ante la memoria. Y hay personas que merecen ser contadas, no por sus méritos públicos, sino por lo que dejaron sin buscar reconocimiento.

Esta nota es para un amigo que se fue. Alguien que estuvo sin pedir lugar. Alguien que, sin saberlo, dejó huella.

Espero que, al leerla, algo despierte en quien la recorra. Porque las historias que se sienten suelen ser las que permanecen.

El umbral invisible

No suelo contar ciertas historias. No porque duelan —aunque algunas duelen—, sino porque hay relatos que parecen hechos para el silencio.

Conocí a un joven cuando tenía dieciséis. No era distinto a los demás, salvo por una convicción poco común: había decidido que el amor no necesitaba permiso, ni edad, ni calendario. Ella tenía quince. Su padre no lo aprobaba. La historia, como tantas, comenzó a escondidas.

Así, a escondidas siguieron con esa relación hasta que el padre tuvo que ceder y, al final, construyeron juntos una vida. Tuvieron hijos, estabilidad, domingos que sabían a complicidad. El amor, lejos de ocultarse, creció. Sin ruido. Sin artificio. Con una calma que no suele aparecer en los titulares.

Un día cualquiera, él regresó a casa. Tocó el timbre como siempre —no por hábito, sino por respeto. Ella estaba arriba, esperándolo.

Al cruzar el umbral, cayó. Un infarto, seco, inmediato. Ella bajó corriendo las escaleras, y su corazón —como el de él— no resistió.

Murieron abrazados. En la entrada de su propia historia. Como si la vida, en un gesto discreto, hubiese decidido que el amor no debía quedar solo.

Yo no estuve allí. Pero quienes lo contaron lo hicieron sin adornos. Solo dejaron una verdad: hay vínculos tan hondos que se despiden juntos, porque supieron vivir unidos sin promesas.

Hoy, mientras escribo desde esta columna, me permito compartirlo. No por nostalgia. Sino porque en cada relato que intento contar, busco ese umbral: ese instante en que lo cotidiano se vuelve eterno.

Ecos del umbral

El café estaba tibio, olvidado junto a la pila de notas en el escritorio. Jordan miraba la bandeja de entrada con el ceño ligeramente fruncido. No esperaba que *El umbral invisible* provocara mucho. Lo había escrito como quien deja una carta en una botella.

Pero los mensajes no cesaban.

Algunos eran breves:
"Gracias por hablar del amor así. Sin adornos. Sin miedo."

Otros llegaban como confesiones que nunca habían salido de casa:
"Mi madre y mi padre murieron con minutos de diferencia. Nadie quiso llamarlo amor. Usted lo hizo. Y lo agradezco."

Jordan se inclinó mirando los mensajes. Algunos nombres eran conocidos. Lectores fieles. Otros, desconocidos. Historias anónimas, vidas entre líneas.

Una mujer escribió desde un hospital:
"Estoy sentada junto a mi esposo. No sé cuánto tiempo nos queda. Su nota me hizo quedarme en silencio con él. Ya no necesito decir nada."

Un periodista local envió algo más técnico:
"Hace años que no leo algo tan sobrio y emocional al mismo tiempo. Quisiera conversar sobre su proceso narrativo. ¿Café algún día?"

Jordan sonrió. No por vanidad, sino por algo más profundo: la certeza de que esa nota —nacida como tributo íntimo— había tocado lugares que él no podía ver.

Abrió uno último mensaje. Era apenas una línea:
"No sabía que mi historia merecía palabras. Ahora lo sé."

Jordan se recostó en la silla. Afuera, el mediodía avanzaba. En el periódico, la rutina seguía: titulares, correcciones, agendas urgentes.

Pero allí, en su rincón, se había abierto un espacio distinto.
La nota ya no era suya.
Era de todos los que vivieron algo parecido.
Era el umbral compartido.

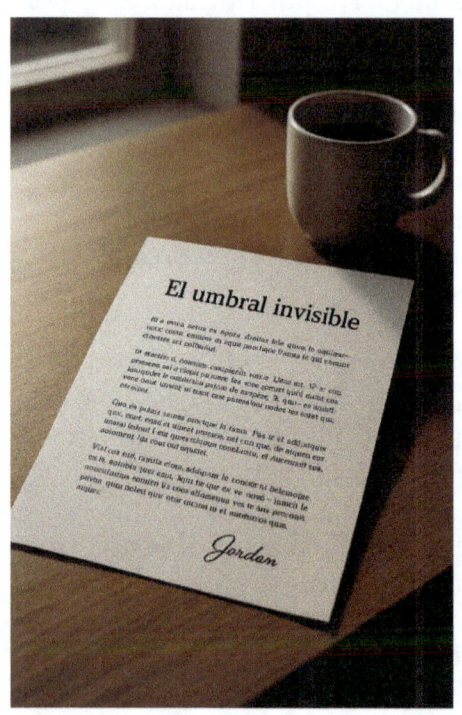

Capítulo 39 – Una noche con historia

La noche era tranquila, como si el mundo hubiese decidido hacer una pausa.

El aire tenía esa sensación de cambio que solo ciertos momentos pueden capturar: una mezcla de promesa y nostalgia, como si algo estuviera por comenzar y terminar al mismo tiempo.

Lailah y Jordan estaban sentados en el balcón, con la ciudad extendiéndose frente a ellos, iluminada por las luces dispersas en la distancia.

Las farolas parecían estrellas caídas, y los murmullos urbanos llegaban como ecos lejanos, sin urgencia.

El café en sus manos ya estaba tibio, pero ninguno de los dos lo bebía.

No era una noche para el sabor, sino para las palabras que aún no habían sido dichas.

—Hemos probado —murmuró Lailah, rompiendo el silencio con una voz que parecía venir desde dentro, desde un lugar donde las decisiones se gestan lentamente.

Jordan la miró, reconociendo el peso de esas palabras.

No era una frase casual.

Era una síntesis.

Un resumen de todo lo vivido, de cada duda, cada intento, cada regreso.

—Sí —respondió él, sin añadir nada más.

Porque a veces, el acuerdo no necesita explicación.

Ella exhaló suavemente, como si estuviera acomodando pensamientos antes de verbalizarlos.

Sus ojos no miraban la ciudad, sino el borde de la noche, ese lugar donde las certezas se asoman sin pedir permiso.

—Y no quiero que sea solo una prueba más —dijo, con una firmeza que no necesitaba elevar el tono.

Jordan dejó su taza sobre la mesa y giró completamente hacia ella.

El gesto fue lento, casi ceremonial.

Como si al hacerlo, estuviera girando también hacia una nueva etapa.

—¿Estás diciendo que...?

Lailah lo miró con una convicción tranquila, una certeza que no necesitaba adornos.

No había dramatismo en su rostro, solo verdad.

—Digo que no quiero imaginar un futuro en el que tú no estés.

Hubo un instante de silencio, pero no de duda. El tiempo pareció detenerse, como si la ciudad misma hubiese contenido el aliento.

Jordan tomó su mano.

La calidez de su piel le confirmó lo que ya sabía, pero que necesitaba sentir.

—Entonces lo hacemos —dijo él, con una sonrisa que no era de alegría, sino de entrega.

—Para siempre —respondió ella, apoyando su frente contra la de él por un momento.

Ese gesto, breve y silencioso, fue más elocuente que cualquier promesa.

La ciudad seguía brillando, los murmullos de la vida cotidiana fluyendo a su alrededor.

Pero para ellos, en ese instante, el único sonido que importaba era la certeza de lo que acababan de decidir.

El futuro los esperaba.

Juntos.

Y aunque no sabían qué vendría, sabían que lo enfrentarían desde el mismo balcón, con las mismas manos entrelazadas, y con esa complicidad que no se aprende, sino que se descubre.

Porque hay noches que no cuentan historias.

Las crean.

Y esta, sin buscarlo, acababa de convertirse en una de ellas

Capítulo 40 – Los anillos

El momento de elegir los anillos de boda llegó con una mezcla de emoción, memoria y significado.
Para Jordan, cada detalle importaba. No por perfeccionismo, sino por fidelidad.
Fidelidad a lo que sentía, a lo que prometía, a lo que quería construir.
Por eso, solo podía confiar en Saúl para acompañarlo en esta elección.
Un anillo no es solo metal.
Es una forma tangible de decir: te elijo hoy, y cada día que viene.
Simboliza la promesa, la permanencia, el deseo de compartir una vida incluso cuando el tiempo se vuelva incierto.
Es el único objeto que, sin palabras, puede sostener una historia entera.
Se reunieron en su café habitual, ese rincón donde las conversaciones siempre encontraban su ritmo.
La charla fluyó entre bromas, recuerdos y silencios que decían más que las palabras.
Jordan removía su café con una lentitud casi meditativa, como si cada giro fuera parte de una decisión.
El vapor se elevaba despacio, como si también escuchara.

—Quiero que vengas conmigo a elegir los anillos —dijo, sin levantar la vista.

Saúl dejó su taza a medio camino del sorbo. Lo miró, como si intentara leer entre líneas.

—¿Estás seguro?

Jordan dudó un instante.

No por inseguridad, sino por respeto al momento.

—Quiero que seas mi padrino —dijo finalmente, con la seriedad que requería el gesto.

Saúl, acostumbrado a verlo siempre centrado en investigaciones y reportajes, sonrió con una calidez genuina.

—Sabía que lo pedirías. Y claro, será un honor.

Eso era justo lo que Jordan necesitaba: presencia, complicidad, testimonio. Alguien que entendiera que no se trataba de elegir un objeto, sino de sellar una intención.

Tras unos segundos de silencio, Saúl sonrió con una chispa en los ojos.

—Entonces iremos a ver al Inmortal.

Jordan arqueó una ceja.

—¿El qué?

—El Inmortal. Así le dicen.

Trabaja en un local minúsculo, sin cartel, en una galería que parece olvidada por el tiempo.

Solo atiende por recomendación.
Pero sus anillos... duran más que las promesas —murmuró, inclinándose ligeramente sobre la mesa—.
No es cualquier joyero.
Y así, con una mezcla de curiosidad y convicción, Jordan decidió seguir el consejo de Saúl.
El taller del joyero no era un comercio.
Era un santuario.
Escondido en una calle adoquinada, rodeado de rumores, de historias que hablaban de anillos que llevaban más que oro y piedras preciosas.
La joyería estaba casi vacía, salvo por el murmullo suave de una canción instrumental y el brillo tenue de las vitrinas.
El aire olía a madera antigua y a algo más: tiempo detenido.
Jordan se detuvo frente a una bandeja de anillos, pero no tocó ninguno.
Saúl, a su lado, lo observaba en silencio, como si entendiera que ese momento no necesitaba palabras.
Las historias que rodeaban al joyero eran casi tan antiguas como sus propias creaciones.
Se decía que su arte no residía solo en la precisión del metal ni en la perfección

de las piedras, sino en algo más profundo.

Algo que los clientes sentían sin poder explicarlo.

Algunos hablaban de parejas que, después de recibir sus anillos, encontraron fuerza en los momentos más difíciles.

Como si la promesa grabada en el interior realmente cobrara vida.

Otros afirmaban que el joyero nunca hacía el mismo diseño dos veces.

Como si cada anillo estuviera destinado únicamente a quienes lo escogían.

Como si el metal supiera quiénes eran sus dueños antes de que ellos lo tocaran.

El joyero, un hombre de mirada aguda y manos precisas, los recibió sin necesidad de palabras.

Parecía conocer su propósito antes de que lo dijeran.

Sus ojos no preguntaban: escuchaban.

—Buscamos algo que dure —dijo Jordan, casi por instinto.

El joyero asintió, sacando una pequeña caja de madera con un gesto calculado.

Dentro, dos anillos sencillos, pero con un brillo imposible de ignorar.

No era ostentación. Era presencia.

Una luz que no venía del metal, sino de lo que representaba.

—No es solo el metal —murmuró—. Es la historia que cada anillo carga.

Saúl, con una sonrisa discreta, observó a Jordan mientras los tomaba.

Pero cuando los sostuvo en sus manos, algo lo recorrió: un leve escalofrío, una certeza silenciosa.

Había algo especial en ellos.

Algo que no se podía nombrar, pero que se reconocía.

El joyero esperó a que lo notara antes de continuar.

—Cada pareja que ha llevado estos anillos ha encontrado su camino, aunque el destino trate de desviarlos —sus palabras eran tranquilas, pero con un peso que no se podía ignorar—.

Llevan la promesa de Forever.

Jordan exhaló, casi sonriendo.

—Perfectos.

Y así, los anillos quedaron en sus manos.

Más que una joya.

Un pacto.

Un símbolo.

Una historia que apenas comenzaba.

Una forma de decir: aunque el tiempo nos cambie, esto permanece.

Capítulo 41 – La elección

La luz de la mañana se filtraba por el ventanal del atelier, iluminando las telas colgadas en perchas doradas como si fueran partituras de una sinfonía aún no escrita.

Lailah se detuvo frente al espejo, sin decidir aún qué buscaba.

No era la silueta ni el encaje.

Era otra cosa.

Una forma de certeza que no se podía probar ni ajustar con alfileres.

—Quiero que vengas conmigo —le había dicho a Esther esa mañana, mientras compartían café en tazas desparejas—.

No me imagino haciendo esto sin vos.

Esther aceptó sin necesidad de explicaciones.

Sabía leer lo esencial.

Sabía cuándo una invitación era también una confesión.

Al llegar, recorrió el lugar con curiosidad.

No tardó en levantar una tela entre sus dedos y sonreír.

—¿Y si no es blanco?

Lailah la miró, entre divertida y sorprendida.

—¿Cómo que no blanco?

Esther mostró un tul bordado en tonos terracota, con reflejos azules y un ribete verde apagado.

—Mirá esto. Es como un atardecer que no pide permiso.

¿Y si el vestido habla antes que la novia?

Lailah soltó una risa que no pudo contener.

No fue burla. Fue alivio.

Esther tenía el don de desarmar la solemnidad con belleza inesperada.

—Eso rompería con todo lo que esperan.

—¿Y eso sería un problema? —replicó Esther, cruzando los brazos con naturalidad—.

No todas las promesas se visten de blanco.

Lailah acarició la tela.

Por un instante, se imaginó entrando con ese vestido.

No por rebeldía, sino por memoria.

Por los colores que había callado.

Por las fotos que aún no había tomado.

Por la vida que no siempre cabe en lo tradicional.

—Tal vez el blanco no sea obligatorio —murmuró, más para sí que para la modista que aguardaba en silencio.

Esther la miró con afecto.

—El vestido va a decir lo que vos no puedas. Que sea tuyo. No de los demás.

Lailah pidió folletos.

No iba a decidirlo todo en una sola visita.

Se llevó muestras de telas pequeñas, anotaciones breves, esquemas de corte.

Pensó también en el segundo vestido.

El del movimiento.

El de la música.

El de después.

—Después del brindis quiero bailar el vals. Pero también poder moverme si suena algo inesperado —dijo Lailah.

—Entonces elegí dos veces —respondió Esther—.

Una para la ceremonia.

Otra para el momento.

Lailah asintió.

El futuro se vestía de gestos.

Y ella, por primera vez, se sentía lista para elegir.

Segunda visita

El atelier olía a tela nueva y tiempo detenido.

No era solo un espacio de costura, era una sala donde las decisiones tenían forma, peso y memoria.

Lailah entró primero.

No hizo preguntas.

Solo miró.

Como quien busca algo que todavía no sabe nombrar.

Esther llegó unos pasos después, con su andar firme, el cuello erguido y los ojos atentos.

—Gracias por venir —dijo Lailah, casi en susurro.

—Creí que nunca lo ibas a pedir —respondió Esther, con esa sonrisa que despeja las dudas sin burlarse de ellas.

El lugar estaba lleno de vestidos colgados como promesas.

Blancos, marfil, dorados tenues.

Todos callados.

Todos esperando ser elegidos.

—¿Qué estás buscando? —preguntó Esther.

—Todavía no lo sé —dijo Lailah, deteniéndose frente a un diseño con bordado de pedrería—.

Algo que no me oculte.

Esther recorrió los percheros como si fueran estantes de biblioteca.

Hasta que se detuvo ante un vestido absolutamente inesperado:

tonos terracota, líneas curvas en azul, hilo dorado cruzando el escote.

—Este tiene algo de historia —dijo, alzándolo sin pedir permiso—.

Como si hubiera sido tejido en una tarde que no quería terminar.

Lailah soltó una carcajada suave.

Sincera.

—¿Multicolor? ¿En mi boda?

—¿Y qué tiene? —replicó Esther—.

Tal vez tu historia no es blanca.

Y eso está bien.

Lailah lo tocó.

No lo rechazó.

No lo eligió aún, pero tampoco lo volvió a colgar.

Pidió folletos.

Quería llevarse texturas, notas escritas, posibilidades.

También pidió que le mostraran vestidos de segunda puesta.

Para después de la ceremonia.

Para moverse.

Para bailar.

—Quiero algo que respire conmigo —dijo Lailah—.

No quiero sentir que el vestido me impide celebrar.

Esther la miró con cariño.

—Entonces tenés que elegir dos cuerpos.

Uno para estar quieta.

Otro para moverse con lo que venga.

La modista, sin interrumpir, tomó nota.

Mostró cortes livianos, telas que flotan sin pedir permiso.

Mientras tanto, Lailah seguía mirando el vestido multicolor que no pensaba elegir...
pero tampoco quería olvidar.
Porque no era solo un diseño.
Era una pregunta.
Y a veces, elegir también es recordar.
Al salir, guardó los folletos en su bolso, junto a su libreta de notas.
Esther no dijo nada.
Pero Lailah sabía que la decisión había comenzado antes de entrar.
Se quedó un rato más, hasta que finalmente tomó su decisión.
Pasaron varios días, y los vestidos, al fin, estuvieron en sus manos.
Se dirigió al escritorio.
Sacó el viejo diario, aquel en el que había escrito el día que conoció a Jordan.
Solo quedaba una página sin usar.
Tomó la lapicera y escribió:
"Mañana será el día."

Capítulo 42 – Lo no dicho

Vivían juntos, sí.
Pero no todo se compartía.
Algunas cosas debían permanecer en silencio, como los secretos que protegen la emoción de lo que está por venir.
Lailah había guardado las telas en una caja de cartón forrada con papel de seda.
La escondió en el placard, detrás de los libros que no se hojeaban desde hacía años.
No por vergüenza.
Por ritual.
El vestido debía ser una sorpresa.
Una revelación.
Una forma de decir: "esto también soy".
Jordan, por su parte, había guardado los anillos en un cajón con llave.
No los mostró.
No los describió.
Ni siquiera mencionó el nombre del joyero.
Sabía que Lailah no preguntaría.
Y eso lo hacía aún más íntimo.
Esa tarde, compartieron té en la cocina.
Hablaron de música, de invitados, de flores.
Pero no del vestido.
Ni de los anillos.

Cada uno cuidaba su secreto como quien cuida una promesa que aún no se ha pronunciado.

—¿Ya tenés todo listo? —preguntó Jordan, sin mirar directamente.

—Casi todo —respondió Lailah, con una sonrisa que no revelaba nada.

Él asintió.

Ella también.

Y en ese gesto compartido, se entendieron.

Porque hay cosas que no se dicen.

No por distancia.

Sino por respeto al momento en que serán descubiertas.

Capítulo 43– El salón de fiesta

El salón brillaba bajo la cálida luz de los candelabros, reflejando el trabajo minucioso que Lailah y Jordan habían puesto en cada detalle.

Las mesas dispuestas con elegancia, la música flotando en el aire, los invitados comenzando a llegar con sonrisas y miradas llenas de emoción.

Todo parecía en equilibrio, como si el espacio mismo supiera que estaba a punto de presenciar algo irrepetible.

Saúl, en su rol de padrino, se movía con discreta diligencia entre la multitud, velando para que todo estuviera en armonía.

Los anillos —aquellos que no solo portaban una inscripción, sino una promesa tallada en destino— aguardaban, resguardados en su estuche, el instante preciso para ser revelados.

Solo él conocía su historia. Solo él sabía lo que significaban.

Y entonces, cuando el rumor de las voces se apagó y las miradas convergieron hacia el frente...

Lailah apareció.

La noche, el misterio, el amor: todo convergía.

Y por un instante, el mundo pareció
contener el aliento.

Vestía un diseño sencillo, de líneas
puras, que no necesitaba adornos para
revelar su elegancia.

El tono marfil del vestido acariciaba la
luz como si la absorbiera, envolviéndola
en una calma casi irreal.

No llevaba velo, solo su cabello suelto
cayendo como una promesa sin
artificios.

En su rostro no había sonrisa, pero sí
algo más poderoso: una determinación
suave, como si cada paso que daba fuera
una decisión, no una costumbre.

Sus ojos —inquietos, brillantes,
contenidos— buscaron a Jordan.

Y en ese cruce breve de miradas, todo lo
que habían vivido pareció condensarse
en silencio.

Las voces se extinguieron.

El eco lejano del mar quedaba fuera,
pero su memoria se sentía en la forma
en que Lailah avanzaba: como si
caminara hacia su destino sin miedo.

Era el comienzo de su para siempre.

Al verla, Jordan sintió cómo el tiempo se
aflojaba a su alrededor.

Fue como si todos los sonidos —los
suspiros, los comentarios bajos, incluso

su propio corazón— quedaran suspendidos en un segundo que no pertenecía a nadie más.

No era solo la belleza de Lailah lo que lo conmovía, sino la certeza tranquila que traía con ella.

Era como si, al caminar hacia él, trajera consigo todas las vidas que habían soñado juntos:

los paseos bajo la lluvia, las conversaciones a medianoche, las fotografías que aún no existían pero ya vibraban en el aire.

Sus ojos se encontraron.

Y en ese cruce breve pero eterno, Jordan comprendió que todo lo que había buscado —en la palabra forever, en los anillos, en la espera— estaba ahí, contenido en ella.

No pensó.

No tembló.

Solo supo.

Y en ese saber, se sintió completo.

El aire estaba cargado de una quietud expectante.

Bajo el dosel de luces cálidas y flores suspendidas, Lailah y Jordan se tomaban de las manos.

Las voces del público se apagaron cuando el oficiante dio un paso al frente.

—Ha llegado el momento de intercambiar los anillos —anunció con solemnidad.

Jordan giró la cabeza, buscando a Saúl entre los invitados.

Él ya se acercaba, impecable en su traje oscuro, con una sonrisa tranquila que parecía decir: "todo está bajo control".

Metió la mano en el interior del saco y sacó una pequeña caja de terciopelo azul.

La sostuvo con ambas manos, como si contuviera algo sagrado.

Jordan le dedicó una mirada cómplice. Saúl la sostuvo… hasta que abrió la caja.

Y entonces, su rostro cambió.

Primero fue una leve contracción en la comisura de los labios.

Luego, la frente se tensó.

Finalmente, el silencio se volvió denso: los anillos no estaban.

Vacío.

Solo el forro de satén, como un eco de lo que debía haber sido.

Jordan lo notó al instante. Dio un paso hacia él, sin soltar la mano de Lailah.

—¿Saúl?

Saúl no respondió de inmediato. Su mirada seguía fija en el hueco de la caja, como si esperara que los anillos aparecieran por voluntad propia.

Como si no pudiera aceptar que algo tan cuidadosamente preparado... hubiera desaparecido.

—Yo... los puse aquí esta mañana. Lo juro —murmuró, apenas audible.

Una inquietud se deslizó entre los presentes.

Lailah frunció el ceño, confundida.

Jordan, en cambio, no parecía enojado. Solo perplejo. Como si algo más profundo se hubiera desajustado.

—¿Estás seguro de que los trajiste? —preguntó, con una calma que no era del todo natural.

Saúl asintió, pero su expresión decía otra cosa.

Detrás de la sorpresa, había algo más: una sombra de duda. O de miedo.

El oficiante carraspeó, incómodo.

—Podemos hacer una pausa, si lo desean...

Pero Jordan levantó una mano.

—No. Sigamos —dijo con voz calma.

—Sobre la mesa —dijo Saúl, con la voz apenas sostenida por el hilo de su respiración—. Los dejé sobre la mesa al lustrarlos... en tu casa.

El rumor entre los invitados se apagó de golpe.

Jordan lo miró, inmóvil.

Lailah giró lentamente la cabeza hacia él, buscando una explicación que no llegaba.

—¿En mi casa? —repitió Jordan, como si las palabras no terminaran de asentarse.

Saúl asintió, con una mezcla de incredulidad y vergüenza.

Apretaba la caja vacía entre las manos, como si aún pudiera proteger lo que ya no estaba.

—Quería que brillaran. Que fueran perfectos. Los dejé sobre la mesa del estudio, junto al ventanal. Iba a guardarlos después... pero sonó el teléfono. Y luego...

Jordan cerró los ojos un segundo.

Lo recordó todo: la mañana agitada, los trajes colgados, el café frío, la llamada de su madre.

Y la caja, sí. La caja sobre la mesa. Abierta.

—No cerraste la ventana —dijo, más para sí que para Saúl.

Un golpe de viento.

Una ráfaga.

El sonido de algo cayendo.

Lo había escuchado, pero no le había dado importancia.

—Iré por ellos —dijo Jordan, con una determinación que no admitía réplica—. Estoy cerca. Volveré enseguida.

Antes de que alguien pudiera detenerlo,
ya se había girado.
Cruzó el pasillo entre las sillas,
esquivando miradas, preguntas sin voz,
respiraciones contenidas.
Afuera, en la entrada de la recepción,
una bicicleta descansaba contra la verja
de hierro forjado.
Sin pensarlo, la tomó. No preguntó de
quién era. No importaba.

Capítulo 44 – En busca del destino

Montó y pedaleó.
La primera gota cayó justo al cruzar la esquina. Luego otra. Y otra más.
En segundos, la lluvia se volvió un telón gris que lo envolvía todo.
El traje comenzó a pegarse a su piel, el cabello se le desordenó, pero no frenó.
No podía.
Cada pedalada era una pregunta sin respuesta. Cada bocanada de aire, un intento por entender.
¿Por qué Saúl? ¿Por qué ahora? ¿Por qué él, precisamente él, había sido quien sostuvo la caja vacía?
El viento le azotaba el rostro, pero no le importaba.
Solo pensaba en la mesa del estudio. En los anillos que tal vez aún estaban allí... o no.
El mundo se desdibujaba a su alrededor: los árboles, los autos, los charcos que salpicaban como memorias.
Todo era movimiento y sombra. Todo era urgencia.

Jordan abrió la puerta de su casa.
Allí, sobre la mesa, estaban los anillos.
Símbolos de su amor por Lailah.

Testigos silenciosos de lo que aún no
había sido pronunciado.
Los recogió con manos temblorosas y los
guardó en el bolsillo interior de su traje.
Cerró la puerta con premura.
Volvió a la bicicleta. Retomó el camino
de regreso.
—Estoy empapado —se dijo.
Y luego, con una sonrisa que apenas se
sostenía—: Pero feliz.
La intersección estaba a solo unas
cuadras.
Los segundos se estiraban como goma
elástica.
El tiempo parecía contener la
respiración.
Y entonces, el destino se torció.
El automóvil apareció de la nada, sus
luces destellando en la lluvia.
Jordan no tuvo tiempo de reaccionar.
El impacto fue brutal.
Su cuerpo voló por los aires.
La vida se desvaneció en un instante.

Lailah, ajena a todo, escuchó la sirena de
la ambulancia.
Su corazón se aceleró.
Salió corriendo hacia la calle.
Al llegar al lugar del accidente, su
mundo se detuvo.
La bicicleta, destrozada.

Los paramédicos, luchando por salvar a alguien.

Y allí, en el suelo, yacía Jordan.

Los paramédicos levantaron su cuerpo.

Algo cayó de su bolsillo, rodando por la calzada bajo la lluvia...

hasta detenerse ante sus pies.

Lailah, con lágrimas en los ojos, lo recogió.

Era un anillo.

Su anillo.

La lluvia lo había pulido, y en su superficie grabada brillaba una sola palabra:

forever

El corazón de Lailah se desgarró.

Aquellos anillos, destinados a sellar su amor, ahora eran testigos de una tragedia.

Jordan nunca llegaría a proponerle matrimonio.

Nunca caminarían juntos hacia el altar.

La ambulancia se alejó.

Y Lailah quedó sola bajo la lluvia.

El anillo en su mano parecía pesar toneladas.

—Para siempre —susurró.

Pero el "siempre" se había roto en mil pedazos.

Capítulo 45 – Corazón roto

Pero su "para siempre" se había
convertido en un eco.
Un eco de lo perdido.
De lo que no alcanzó a ser.
El mundo siguió después de esa noche.
Los semáforos cambiaban de color.
Las hojas caían.
Los relojes avanzaban.
Pero ¿cómo seguiría ella?
El destino no solo le había arrebatado a
Jordan.
También le devolvía, con una precisión
casi sádica,
la última prueba de su amor.
Sobre la mesa descansaba una caja
pequeña, implacable.
Dentro, dos anillos.
El de Lailah estaba destrozado.
No por el metal, sino por lo que
representaba.
Días después de sepultar a Jordan,
recibió una llamada del servicio fúnebre.
El teléfono sonó con un tono frío,
distante,
como suelen ser esas llamadas que nadie
quiere atender.
Trámites inevitables.
Dolor con voz de protocolo.

—Señorita Lailah... encontramos algo entre los efectos personales de Jordan.
El silencio en la línea se volvió denso.
Luego, apenas un susurro:
—Es... su anillo.
El mundo se detuvo.
Como si el tiempo se negara a avanzar sin él.
El anillo.
Aquel símbolo que debía sellar su amor en el altar.
Ahora llegaba a ella como un recordatorio cruel
de lo que nunca pudo ser.
Cuando lo sostuvo entre los dedos, la inscripción brilló.
Pulida por la lluvia, por el tiempo, por la crudeza del destino:
"Forever"

El de él.

Lailah lo observó sin tocarlo.
Su mano tembló al recordar la noche en que uno de ellos rodó hasta sus pies, bajo la lluvia implacable.
El peso del recuerdo era insoportable.
No estaba lista.
Cerró la caja con cuidado,
como si ese gesto pudiera contener el dolor

que amenazaba con desbordarse.
Los anillos estaban juntos.
Como siempre debieron estar.
Como nunca volverían a estar.
Pero el mundo ya no los contemplaba del mismo modo.
Ahora eran reliquias.
Testigos mudos de un amor interrumpido.
Lailah se quedó sentada frente a la caja, sin moverse, sin llorar.
Solo escuchando el silencio.
Ese nuevo idioma que hablaba su corazón roto.Cerró la caja con cuidado, como si ese gesto pudiera contener el dolor que amenazaba con desbordarse.
Los anillos estaban juntos.
Como siempre debieron estar.Pero el mundo ya no los contemplaba del mismo modo.

Capítulo 46 – La vigilia

La casa no hablaba.
No hacía falta.
El silencio lo decía todo.
Después del accidente, Lailah no volvió
a dormir.
No por insomnio, sino por respeto.
Como si cerrar los ojos fuera traicionar
la última imagen de Jordan.
Esther llegó esa misma noche.
No preguntó.
No tocó el timbre.
Entró con la llave que Lailah le había
dado tiempo atrás, sin imaginar que la
usaría así.
La encontró sentada en el suelo, junto a
la ventana abierta.
La lluvia seguía cayendo, pero ella no se
movía.
El anillo descansaba en su mano, como
si pesara más que el mundo.
Esther no dijo nada.
Solo se sentó a su lado.
Y juntas, sin palabras, atravesaron la
primera noche.

Durante los días siguientes, Esther fue la
sombra que no invadía.
Cocinaba sin preguntar.
Lavaba los platos sin hacer ruido.

Dejaba la sopa sobre la mesa, tibia,
como una forma de decir "aquí estoy"
sin interrumpir el duelo.
A veces, Lailah se encerraba en el baño
durante horas.
Esther no la llamaba.
Solo dejaba una toalla limpia en la
puerta, y una taza de té en el pasillo.
Otras veces, la encontraba frente al
placard, mirando el vestido que nunca se
usó.
Esther no lo tocaba.
Pero se quedaba cerca, por si el silencio
se rompía.

Una tarde, Lailah se desplomó en el
sofá.
No lloró.
No gritó.
Solo dijo:
—No sé cómo se sigue.
Esther se sentó junto a ella.
Le tomó la mano.
Y respondió, sin solemnidad:
—No se sigue. Se respira. Y después, se
vuelve a mirar.
Lailah no contestó.
Pero esa noche, por primera vez, comió
algo.

Esther no era terapeuta.

No era guía espiritual.
Era otra cosa.
Una presencia que no exigía, que no
explicaba, que no pretendía curar.
A veces, le hablaba a Jordan en voz baja,
cuando Lailah dormía.
Le decía que la cuidaría.
Que no dejaría que se apagara.
Y cumplió.

Cuando Lailah volvió a tomar la cámara,
Esther no celebró.
Solo la acompañó a la calle, en silencio.
Le sostuvo el paraguas mientras ella
fotografiaba una grieta en la vereda.
Le alcanzó la mochila cuando se le
cansaron los brazos.
No preguntó por qué.
Sabía que cada imagen era una forma de
volver.

En los meses siguientes, Esther siguió
apareciendo.
A veces con flores.
A veces con pan.
A veces con nada.
Pero siempre con ella.
Y aunque nunca lo dijo, Lailah sabía que
sin esa vigilia silenciosa, sin esa forma
de estar sin invadir,el duelo habría sido
otra cosa.Mas oscuro.Mas solo.

Capitulo 47-Saul

Saúl no podía dejar de repetirlo. *"Si no me hubiera olvidado los anillos, Jordan estaría vivo."* La frase lo perseguía como una sombra, adherida a cada rincón del departamento, a cada gota que golpeaba la ventana en esa noche interminable. La caja vacía sobre la cómoda parecía mirarlo con una luz ajena, casi burlona. Estaba abierta, como si quisiera decirle algo. Como si en su silencio se escondiera una acusación. Ahí deberían haber estado los anillos de Jordan. Los que debía llevar consigo esa noche. Los que Jordan le había confiado con esa mezcla de nervios y alegría que solo se ve en alguien a punto de casarse. *"No los pierdas, Saúl. Son lo único que no puede faltar."* Eso le había dicho, con una sonrisa que ahora dolía recordar.

Pero Saúl los había olvidado. En la prisa por pulirlos, los dejó sobre la mesa en la casa de Jordan. Y esa fue la razón por la cual Jordan salió a la calle esa noche, en bicicleta. Esa fue la razón por la cual no volvió.

Ahora, Saúl estaba solo. Con el peso de una culpa que no encontraba consuelo. No era solo el dolor de la pérdida. Era el saber que su olvido, su distracción, había abierto la puerta a la tragedia.Lailah no le hablaba No podía. La última vez que la vio, sus ojos estaban vacíos, como si el mundo se hubiera apagado. Y él no sabía qué decir. ¿Qué se dice cuando el amor de alguien muere por tu error? Nada. Solo se repite la frase. *"Si no me hubiera olvidado los anillos..."*Saúl se sentó en el suelo, frente a la ventana. Afuera, la lluvia seguía cayendo. Como si el cielo también tuviera algo que lamentar.La caja seguía allí, abierta, muda. Dos espacios vacíos. Dos promesas que nunca se cumplirían.Y en ese silencio, Saúl entendió que no habría redención. Pero tal vez, algún día, habría memoria. Y en esa memoria, Jordan seguiría cruzando la calle. Pero esta vez, alguien lo detendría.

Debía sobreponerse. Debía ayudar a Lailah. Se lo debía a su amigo.

Saúl lo sabía. No con palabras, sino con ese peso que se instala en el pecho cuando algo es más grande que uno mismo. Jordan ya no estaba. Pero Lailah sí. Y ella caminaba ahora por un mundo que se había roto sin aviso, sin sentido. Y él, aunque no pudiera reparar nada, aunque no pudiera borrar su error, podía estar allí. Podía sostener lo que quedaba.

La caja seguía abierta sobre la cómoda. Saúl la cerró con cuidado, como si al hacerlo pudiera proteger lo que ya no estaba. No era redención. No era perdón. Era otra cosa. Lealtad, tal vez. Memoria.

Al día siguiente, fue a verla. No sabía qué iba a decir. No había ensayado palabras. Solo llevó la caja. No como ofrenda, sino como testigo. Lailah abrió la puerta sin hablar. Tenía los ojos rojos, la voz ausente. Saúl se la tendió. Ella no la tomó. Solo la miró. Y en ese silencio, algo se quebró. No entre ellos. En el aire. En el tiempo.

Saúl no dijo *"lo siento."* No dijo *"fue mi culpa."* Dijo: *"Estoy aquí."* Y eso, por ahora, era suficiente

Capítulo 48 – Renacer

La puerta cedió con el mismo sonido que hacía semanas.

Pero esta vez, Lailah no entró.

Se quedó ahí, de pie, mirando el borde entre el pasillo y la penumbra.

Como si el umbral marcara no solo una entrada, sino una frontera entre lo que fue y lo que ya no sería.

Todo estaba como lo habían dejado: los atuendos sobre la cama, la camisa blanca de Jordan, arrugada, como si aún conservara la forma de su espalda.

Los zapatos de ella en el salón, cruzados, uno sobre otro, como si esperaran una coreografía que nunca se bailó.

Las cortinas abiertas, dejando entrar una luz que ya no tenía destinatario.

El reloj seguía marcando las once y doce. No se había detenido, pero tampoco parecía avanzar.

Como si el tiempo también estuviera de duelo.

Lailah caminó sin tocar nada.

Se sentó en el borde de la cama, junto al vestido que pensaba usar, aún colgado de la lámpara.

Lo tocó con la punta de los dedos, como si fuera un animal dormido.

No lo bajó. No lo dobló. Solo lo reconoció.

Sobre la cómoda, un papel doblado.
Jordan lo había dejado sin intención.
No lo abrió. No lo necesitaba.
Sabía que cualquier palabra escrita allí
ahora tendría otro peso.
Uno que no podía sostener.
Respiró hondo.
No
Durante semanas, la casa permaneció en
penumbra.
Las cortinas cerradas.
La cámara de fotos —su extensión más
íntima— abandonada en un rincón.
Lailah se deslizaba por los días como
una sombra, suspendida entre el silencio
de la pérdida y el murmullo de
recuerdos que no cesaban.
Esther venía cada tarde, llevando sopa,
palabras suaves y un corazón inquieto.
Saúl, menos hábil con las emociones,
pasaba las noches en el sofá,
simplemente estando.
Ninguno de los dos la dejaba sola.
Pero aun con todo ese cuidado, la
tristeza parecía un océano sin orilla.
Hasta que una mañana, sin previo aviso,
Lailah se sentó en la cama.
Y murmuró, como si Jordan aún pudiera
oírla:
—Él no querría esto. Querría que yo
volviera a lo mío.

Se puso de pie.
Caminó hasta el rincón donde dormía su cámara.
La acarició como a un animal herido.
Y por primera vez desde el accidente, abrió las cortinas.
La luz entró despacio, tocando el suelo como una promesa.
No era la misma luz de antes: era más gris, más frágil.
Pero seguía siendo luz.
Tomó la cámara con manos que ya no temblaban por la pérdida, sino por la decisión de volver a mirar.
Salió a la calle sin rumbo fijo.
Y comenzó a capturar escenas que antes le parecían invisibles:
el reflejo de la lluvia en los charcos,
las arrugas en las manos de un vendedor de flores,
una niña que reía bajo un paraguas demasiado grande lloró.
Pero algo en ella temblaba, apenas, como si el cuerpo recordara más rápido que el corazón.
En cada imagen, algo de Jordan parecía susurrar desde el encuadre.
No como ausencia, sino como presencia transformada.

Esther la acompañaba a veces, en silencio, como si entendiera que no era momento de palabras.

Saúl, desde lejos, celebraba cada fotografía que Lailah compartía, aunque no lo dijera.

Un día, una de sus fotografías —una silueta solitaria sobre el muelle, con la niebla abrazando los tablones— fue seleccionada para una exposición colectiva.

La imagen no tenía título, pero quienes la veían hablaban de pérdida, de memoria, de amor suspendido.

Ese fue el comienzo.

Lo que siguió no fue meteórico, pero fue constante.

Lailah comenzó a ser invitada a exhibiciones: primero locales, luego internacionales.

Su estilo se volvió inconfundible: melancólico, íntimo, como si cada disparo de su cámara fuera una carta que nunca llegó a enviarse.

En entrevistas, decía poco.

Cuando le preguntaban por su inspiración, solía responder:

—Fotografío lo que aún no puedo decir con palabras.

Pero quienes conocían su historia sabían que cada imagen era, en el fondo, una conversación con Jordan.

No sobre su muerte, sino sobre todo lo que vivió gracias a él.

Con los años, el fervor en torno a su obra fue creciendo.

Invitaciones a charlas, retrospectivas, artículos que la llamaban "la voz visual de una generación marcada por la pérdida".

Pero Lailah, con cada nuevo elogio, sentía que algo se desdibujaba.

Ella nunca había fotografiado para ser vista.

Lo hacía para no olvidar.

Lailah llegó con pasos cautelosos, como si el umbral de la casa de Bárbara guardara ecos antiguos, compartidos.

No necesitaba anunciarse.

Bárbara ya la esperaba, envuelta en ese silencio denso que precede al llanto.

No se abrazaron de inmediato.

Se miraron primero —con esos ojos rotos que solo quienes han perdido en circunstancias gemelas pueden sostener sin desmoronarse.

Era un tipo de reconocimiento silencioso.

No entre amigas. No entre familiares.

Entre sobrevivientes.

Bárbara, la tía de Jordan, se movía con la lentitud de quien camina por dentro de un recuerdo.

Había perdido a su hermana años atrás, en una escena que resonaba con la que ahora la devastaba de nuevo.

Y Lailah lo sabía.

Lo sintió apenas cruzó la puerta.

Era como si cada objeto en la sala hubiese absorbido aquel duelo antiguo, solo para ofrecerlo de nuevo en otros tonos.

Se sentaron sin protocolo.

Sin relleno.

Entre ellas no hacía falta.

—Pensé que con el tiempo se aprende a respirar otra vez —dijo Bárbara, casi para sí.

Lailah asintió, sin palabras.

Porque también sabía que el aire que vuelve nunca es el mismo.

Y que hay ausencias que no se curan, solo se aceptan.

Bárbara extendió el álbum con dedos temblorosos.

No lo había abierto desde... bueno, desde antes.

Lailah lo recibió como se recibe una reliquia: con respeto, con algo parecido al miedo.

Las primeras imágenes mostraban a Jordan en pañales, envuelto en la manta azul que luego guardaron en el placard del pasillo.
En cada página, una evolución:
los primeros pasos,
los dibujos torcidos que aún cuelgan en la nevera,
la sonrisa sin dientes que fue transformándose en una mirada profunda.
Lailah acarició una foto en especial — una en la que Jordan, con unos cinco años, le ofrecía una flor aplastada, recogida del jardín.
No lloró.
Pero sus ojos se humedecieron con una nostalgia silenciosa.
—Siempre fue generoso —dijo.
Bárbara asintió.
—A veces me parecía que ya sabía algo que nosotros no.
Y en ese intercambio, en esa ceremonia silenciosa frente a las imágenes, se selló algo más fuerte que el parentesco:
una alianza de memoria.

Y así, un día, simplemente dejó de asistir.
A exposiciones, a entrevistas, al mundo.

Se retiró en silencio, sin declaraciones ni despedidas.

Se mudó a una casa pequeña, cerca del mar.

Allí, las cortinas se movían con el viento y la luz entraba por las rendijas sin pedir permiso.

La cámara aún estaba allí, pero ya no colgaba de su cuello.

No era tristeza.

Era fidelidad.

Para ella, solo existió Jordan.

Y seguir adelante no fue rehacer su vida, sino custodiar con dulzura aquello que nunca cambiaría.

En cada atardecer veía la misma silueta cruzando la marea.

No necesitaba comprobar que no estaba.

Bastaba con saber que lo había amado del todo.

Y eso —en su mundo íntimo, silencioso, intacto—

Era suficiente.

Epilogo

El portón verde se abre lentamente,
dejando paso a Esther.
Su andar es pausado, pesado, como si
cada paso llevara consigo el peso de los
años.
Su mano temblorosa empuja la puerta
de entrada, y su voz resuena en el
silencio:

—Soy yo... ¿Dónde estás?

No hay respuesta.
Solo el eco de su propia voz.

Avanza por la casa, recorriendo los
pasillos que conocen su historia.
La puerta que da al jardín está abierta, y
apenas pone un pie afuera, Lailah la
observa con preocupación.

—¿Estabas aquí?
—Sí, ya me ves —responde Lailah.

Esther cambia de tema con una sonrisa:

—Vengo a buscarte para que me
acompañes a Chapel Street. Quiero
comprarme algo moderno.

Lailah la mira con ternura.
Su amiga de toda la vida no ha cambiado
ni un ápice.
Su estilo hippy ha sobrevivido a los
años, al igual que su cabello, que ha
pasado por todos los colores del arcoíris.
Hoy luce un rojo fuego que,
sorprendentemente, le queda bien.
Siempre fue una adelantada a su tiempo.

Lailah, en cambio, ha envejecido con
gracia.
Retirada de la vida pública, ya ni
siquiera acepta invitaciones a
conferencias.
Su cabello muestra el paso del tiempo, y
en su mano brilla un anillo de
compromiso.

Para ella, solo hubo un amor.
Y nunca quiso otro.

A todos los pretendientes que intentaron
conquistarla, les dio la misma respuesta.

—Discúlpame, Esther, pero no puedo
hacerlo.

—Vamos —insiste su amiga—. Es un
lindo día para recorrer Chapel street.

Lailah niega con la cabeza.

—Ya te dije que no. ¿No recuerdas qué día es hoy?

Esther frunce el ceño, pero de pronto su expresión cambia.

—Claro que sí... lo recuerdo.

Lailah suspira.

—No pueden faltar mis flores en este día. Hoy desperté con una necesidad como nunca de estar frente a su tumba. Por eso estoy recogiendo estas flores.

—Entonces te acompañaré —dice Esther—. Llamaré a Saúl para avisarle del cambio de planes. No es que le importe mucho, pero ya sabes.
—Pero dime, ¿has tenido noticias de Michael?
—Sí —responde Lailah—. Esta mañana, bien temprano.
—¿Dónde está ahora? —dice Esther.
—Sigue en Queensland. En el periódico.
—Jordan estaría orgulloso de él —dice Esther.
Lailah asintió en silencio.

Durante unos segundos, se quedó
mirando por la ventana, como si buscara
algo en el reflejo del cristal.
Luego bajó la vista, y su mano se posó
sobre el vientre, apenas un gesto, como
si lo hiciera sin pensar.
Esther no dijo nada.
Pero algo en su mirada cambió.

Entrada la tarde, regresan a casa.

—Gracias por acompañarme —dice
Lailah, con una mirada que parece
perderse en el tiempo.

—Las amigas estamos para eso —
responde Esther, apretando su mano—.
Pero la próxima vez iré con otros
zapatos.

Las dos ríen, pero en la risa de Lailah
hay una hondura inesperada, como si el
momento le hablara en voz baja.
Más tarde, Lailah toma una ducha y se
dirige al guardarropa.
Entre todos los vestidos, uno resalta: el
que usó el día de su graduación, el
mismo con el que recorrió el muelle de
St Kilda.

Lo toma entre sus manos y, sin pensarlo demasiado, se lo pone.
Le sienta bien.
Su cuerpo ha cambiado, pero el vestido aún la abraza como antes.

Se acerca al escritorio y saca de un cajón el diario donde escribió sobre su primer encuentro con Jordan.
Lee la frase:

"Mi día fue arruinado por el paperboy."

Sonríe con nostalgia.
Toma una lapicera y escribe debajo:

"¿A quién le importa? Hoy es viernes."

Sigue hojeando las páginas hasta que su mirada se detiene en un cajón entreabierto.
Dentro, la caja que guarda el anillo de Jordan.
Nunca había querido abrirla.
Pero hoy siente la necesidad de hacerlo.

La toma entre sus manos y la abre lentamente.

Un brillo refulgente escapa de su interior.
Allí está el anillo que nunca quiso ver.
El "para siempre" parece titilar.

Lo toma, lo besa y lo aprieta con fuerza.
Luego lo desliza en su dedo, junto a su propio anillo.
Le queda holgado.

De pronto, un cosquilleo recorre su piel.
Es la misma sensación que Jordan describió cuando lo compró.
Increíblemente, el anillo se ajusta a su dedo.

En ese instante, un silbido atraviesa el aire.

Lailah se queda inmóvil.

—No puede ser...

Pero igual baja las escaleras, recorre el pasillo y abre la puerta de calle.

Entonces lo ve.
Está ahí, con su bicicleta.
Jordan sonríe.

—Te estaba esperando. Te tomaste tu tiempo,Pero mi Angel de la guarda al fin esta aqui

Lailah no puede articular palabra. Jordan le acaricia el rostro y la besa suavemente.

—Ven, sube —dice él—. Vamos a dar una vuelta por el parque.
Ella lo abraza se acomoda con calma, sin prisa, como si supiera que esta vez el paseo no es por las calles, sino por la memoria.
Jordan extiende una mano. No hay palabras. No hacen falta.
Empiezan a pedalear.

Al cruzar la avenida, el Caulfield Park se abre ante ellos como un libro sin palabras.
La entrada, flanqueada por árboles antiguos, parece reconocerlos.
Las hojas caen despacio, como si bajaran la cabeza en reverencia.

Se adentran en el parque.
No se apresuran.
El mundo alrededor continúa, pero ellos ya no le pertenecen.

La bicicleta avanza por los senderos curvos.
Las ruedas crujen sobre la gravilla húmeda, y cada sonido es una nota de algo que solo ellos escuchan.

Jordan la lleva hacia el lago.
Allí, donde los patos suelen dormir en silencio, detiene la bicicleta.

Bajan.
Caminan juntos.
Tomados de la mano.

La luz dorada del atardecer acaricia sus rostros.
El viento les habla en voz baja.
Las ramas se balancean como si quisieran saludar.

Lailah mira al agua.
El reflejo les devuelve una imagen tranquila: dos figuras que no se apresuran, que no necesitan destino.

Jordan le aprieta la mano.

—Gracias —dice. Nada más.

Ella asiente.
No necesita respuestas.

Todo está en ese momento.

Y así siguen, cruzando el parque como se
cruza la memoria:
sin prisa, sin dolor, sin necesidad de
explicarlo.

No se elevan.
No desaparecen.
Pero el mundo, ese mundo que tanto
insistió en continuar, parece detenerse
para mirarlos pasar.

Y el parque, como testigo fiel, guarda el
secreto.
Lo sostiene.
Lo envuelve.
Porque hay promesas que no necesitan
cielo.
Solo tierra compartida.

" El pasado no desaparece.
Solo se transforma en bronce,
en piedra,
en palabras que esperan ser
leídas."

Nota del Autor

¿A quién le importa?Hoy es viernes.

Se despliega en la esquina de Balaclava Road y Hawthorn Road, Caulfield South, Melbourne, Australia,

donde las estatuas permanecen como testigos de un tiempo que ya fue.

La madre secando a su hijo.

Los niños trepando el palo enjabonado.

La niña mirando atentamente.

El canillita con sus diarios bajo el brazo.

Figuras congeladas en bronce,

ecos de historias que nunca fueron contadas.

El canillita, cuya identidad es un misterio, se convierte en el último símbolo de la historia.

Su presencia es un recordatorio de lo que se pierde en el tiempo, de los relatos que quedan sin voz.

¿Quién fue?

¿Qué noticias llevaba en sus manos

el día que el destino truncó su vida?

¿Sabía, acaso, que algún día su imagen quedaría atrapada en el metal,

mientras su nombre se desvanecía?

Tal vez, en el último instante de la novela, alguien se detiene frente a la estatua,

observando el rostro del canillita,

como si buscara respuestas en su expresión inmóvil.Y en ese momento, el viento levanta una hoja de periódico olvidada en la vereda,llevándola lejos.Como un susurro de Jordan Sinclair.Como un mensaje que nunca llegó a destino.

RUBÉN DE BERA

AUSTRALIA